ハヤカワ文庫 SF

〈SF2196〉

宇宙英雄ローダン・シリーズ〈576〉

# バベル・シンドローム

H・G・エーヴェルス&エルンスト・ヴルチェク

星谷 馨訳



早川書房

*8237*

**PERRY RHODAN**

DAS BABEL-SYNDROM

GESPENSTERWELT

by

H. G. Ewers

Ernst Vlcek



Translated by
Kaori Hoshiya
First published 2018 in Japan by
HAYAKAWA PUBLISHING, INC.
This book is published in Japan by
arrangement with
PABEL-MOEWIG VERLAG KG
through JAPAN UNI AGENCY, INC., TOKYO.

目次

# バベル・シンドローム

# バベル・シンドローム

H・G・エーヴェルス

登場人物

レジナルド・ブル（ブリー）……………ペリー・ローダンの代行
ガルブレイス・デイトン…………………宇宙ハンザの保安部チーフ
ジェフリー・アベル・ワリンジャー……同科学部チーフ
ラッセル・ドマシェク……………………テラナー。ソーシャルワーカー兼心理学者
チュトン……………………………………四次元性の影と名乗る地球外生物
デジタリス・アウラ………………………シガ星人。詩人兼武器設計者

# 1

早朝のクレスト公園は霧が深い。ラッセル・ドマシェクは立ちどまり、方向を見きわめようとしたが、五メートル先も見えない状態だ。

タクシー・グライダーを使わなかった自分に腹がたつ。だいたい〝クリパー委員会〟を七時に開こうといいだしたレルレイ・ニュトリュンが悪い。あのブルー族、自分の経営する幻想サロン〝クレイジー・ハプニング〟が朝六時に閉まるまでそこにいて、直行してくる気だろう。開店時間は十四時ぴったりだから、それまでたっぷり眠るつもりにちがいない。

左耳に装着した極小の弾丸形ラジオから騒がしい音楽が流れてくる。そこに、早口の声が割りこんだ。

「ハンザ司令部によりますと、未来マークスのバリアを突破して時間ダムを再構築すべく、本日あらたにプシ・トラストが実験をおこないます。成功を祈りましょう。『にぎやかな朝』のおしゃべりタイムから、臨時ニュースでした。

さて、お知らせです。ホイスラー社が発売した新型の多目的家事ロボットをご存じですか？　その名も〝憩いのわが家〟。まだ知らないあなたは、すぐにお近くの端末へ！

では、情報を詰めこまれたリスナーの脳みそにこれ以上よけいな負担をかけないよう、ヘル・エンジェルスの歌にもどりましょう。そのあとはブラック・クリスタルの新曲『クリップ・ジップ・シップ』です。つづけてどうぞ……どうぞ？」

なぜか最後のひと言は、困惑したような質問口調に聞こえた。だが、ヘル・エンジェルスの騒々しい歌がふたたび聞こえてきたため、それ以上ドマシェクは考えない。極小ラジオを耳からすこしはなすと、ため息をついて、クレスト像があるはずの方角に向かった。そこで位置を確認できるだろう。クレスト像はテラニア中心部を真正面に見たかたちで建っている。その逆方向に進めばガーナルのコミュニケーション・センター、通称コミュセンに着くはず。

いまいましい3Dヴィデオめ！　『スペース・クラン』シリーズの第百話をもっと早い時間に放映できなかったのか？　しかも第百話だぞ！　ふつう、あらたな展開がはじまると思うじゃないか。なのに、いつもと変わりばえしない内容だった。それで頭にきて〝氷の花〟という名の異国の火酒を飲みすぎてしまったのだ。夜遅くベッドに入り、目ざめたらひどい二日酔いだった。家事ロボットに注射を打ってもらって頭痛はおさまったが、なにもかも霧のなかみたいにぼやけて見える……

そこでふたたび立ちどまり、頭を振った。

いや、自分の頭がぼうっとしているわけじゃない。これはほんものの霧だ。気象コントロールの連中、なにを考えてるんだ？　きょうにも苦情をいってやる。

そのとき、霧のなかから影のようなものがあらわれ、思わずまばたきした。

クレスト像だ！

足を速めて数歩進み、また速度を落とした。

ヘルツィナか？

かぶりを振る。

そんなわけない！　彼女は遅くまで仕事だから、この時間はたいてい寝ている。あそこに見えるのがクレスト像じゃないのはたしかだが、ヘルツィナでもない。

はじめ銅像だと思った影が、こちらに近づいてきた。それが恋人の姿でないことは遠くはなれた霧のなかでもわかる。

人間の男だ。身長百八十一センチメートルのヘルツィナより背が高く、肩幅ももちろん彼女よりひろい。

ドマシェクが本能的に右へ方向を転じると、未知者は追ってきた。悪意があるわけではなさそうだが、角張った顔立ちの表情はきびしい。

「待て！」と、ささやいてくる。

その小声にはなぜか、こちらをしたがわせる力があった。

ドマシェクは立ちどまり、未知者の顔を凝視した。

ヒューマノイドだが、目を見れば明らかに地球人ではないとわかる。こんな目の人間はいない。ふつうと逆で、眼球が光をすべて吸収するほど真っ黒なのに対し、瞳は真っ白に輝いているのだ。このような目ははじめて見た。悪魔的な印象を受ける。

それでもドマシェクは、ぼうっとしたふりをし、親しげな笑みを浮かべてみせた。

地球外生物との最初の出会いで先入観は禁物《きんもつ》である。そうした反応に敏感な相手も多いから。長年の経験でわかるのだ。かれはソーシャルワーカーとして、ガーナル地区に住む異星人の福祉全般を担当している。

「ラッセル・ドマシェクです」と、名乗った。「なにかお困りで？」

「わたしはチュトン」異人も立ちどまって答え、「どうやら道に迷ったらしい」

ドマシェクはほっとして笑い声をあげた。

「この霧では無理もない。近所に住んでいるわたしでさえ迷うのですから。ご心配なく、すぐわかりますよ。クレスト像は見えましたか、ええと……チュトン？」

なんておかしな名だろう！

異人はいっしんに考えこんでいる。その顔をまじまじと見て、ドマシェクは思った。なにか悩みがあるようだ。

「クレスト像?」チュトンはおうむ返しにいった。はじめて聞いたといいたげだ。なんのことだかわからないらしい。

とはいえ、はるか昔の時代を異星人が知っていると思うほうが無理がある。かつてクレストという名のアルコン人が私心なく助けてくれたおかげで、人類は銀河系に地歩を築き、宇宙的思想をいだくことができたのだが。

「公園の中央に建つアルコン人の銅像ですよ。ここはガーナルでは最大の公園でして」そう説明したあと、自分がこれも了解ずみとして話していることに気づいて笑い、つけくわえた。「ガーナルというのはテラの首都テラニアの一地区です。わかりましたか、チュトン?」

「いろいろどうも、ラッセル」と、地球外生命体。「迷える影にとり、情報データだけでしか知らない環境でうまく動くのは困難なもの。しかもその環境は、すべてを変貌させてしまう不気味な脅威に満ちている」

ドマシェクはあらためて異人をまじまじと、こんどは不信感をおぼえながら見つめた。相手の表情から心理分析をはじめる。かれは心理学者でもあるのだ。

かなりの憂鬱さと生きることに対するペシミズムが、言葉からも表情からも伝わってきた。

循環性神経症にちがいない！

この精神疾患はおもに四十代から五十代で発症し、その症状は二面性を呈《てい》する。憂鬱になる時期と躁状態と呼ばれる過剰反応の時期が、交互に訪れるのだ。

「なぜそんなふうに見つめる？」チュトンがたずねた。「わたしは見てのとおりだし、自分の知っていることをいったまでだ。それでも、知らなければよかったと思うが」

「あなた、何者なんです？」ドマシェクは迫った。

「それはいま、どうでもいい」異人はいらいらとさえぎり、「ペリー・ローダンに会わせてくれ！　地球が滅亡の危機にあるのだ！」

「ま、おちついて！」

ドマシェクはチュトンをなだめながら、考えをめぐらせた……これは思ったよりもひどい。重度の統合失調症だ。自分のつくりだした世界に生きている。ただの不吉な予感が世界の滅亡にまで飛躍してしまい、そのせいで正気を失ったのだろう。救済者か預言者になったつもりでいるとしても不思議じゃない。

「よく考えましょう！」と、つづけた。「ペリー・ローダンに会いたい？　ふむ、そりゃ、あなたが思っているよりむずかしいな」

というより、不可能だ。ローダンには連絡がつかないのだから。

「きみにはわかってもらいたい」と、チュトン。

「わかりますとも」

ドマシェクは答え、さりげなく異人の服装を観察した。

スモークグレイの質素なコンビネーション。明らかにどこか公共施設の制服だ！　この男、もしかしたら危険人物かもしれない。いつもはチュトンとは名乗らずに、自分の生活場所での役割を演じているだろう。

男は一歩ドマシェクに近づくと、

「ペリー・ローダンのところへ連れていってくれ！　警告しなければ。かれはわたしが知る内容を予測もしていないはず」

ドマシェクの全身に戦慄がはしった。チュトンが自分に〝話しかけていない〟ことがはっきりわかったのだ。たしかに唇は動いているが、それは見せかけで、異人の言葉はメンタル・インパルスで直接こちらの脳に送られてくる。

「恐がらなくていい！」と、チュトン。

ますます驚愕した。この男、自分の思考を送れるだけでなく、相手の心を読むこともできる。精神構造に変異が起きたものの、その能力が充分に開発されず、統合失調をきたしたのだろう。ほかにもどんな超能力を持つか、わかったものじゃない。

異人がますます近づいてくる。ドマシェクはうろたえ、走りだした。相手の腕が伸びてきたのも気づかずに。

それに気づいて、振りはらった……と思ったのだが、かれの手はチュトンの腕をすりぬけていた。

ドマシェクは甲高《かんだか》い叫び声をあげ、その場から一目散《いちもくさん》に逃げだした。

＊

やがて、ラッセル・ドマシェクは治安ロボットに捕まった。最初、移動サイバー医療ステーションに引っ張っていかれそうになったが、必死に説得術を駆使し、心身ともに健康だとロボットをどうにか納得させる。超能力を持つ危険な精神病患者がクレスト公園をうろついていたため、逃げてきたのだと説明した。

この報告を受け、ガーナルの治安維持ステーションは警戒態勢に入る。二分後には治安維持局のグライダー四機が飛んできて公園内の四カ所に着陸し、積み荷をおろしていった。治安ロボット一ダース、制服姿の保安員八名、追跡ロボット四体だ。

二十分もすると、その全員が空手《からて》で待機場所にもどってきた。ドマシェクはそこでさっきの治安ロボットにガードされて立っていたが、八名の保安員が自分をとりかこんで凝視するので、しだいにおちつかなくなる。

「きみたちが危険人物を見つけられないなら、どうすりゃいいんだ！」と、ついに大声をあげた。「まさか、わたしがばかな冗談をいったと思っているんじゃなかろうな？」

「それはない。きみのことは全員よく知っているから、ラッセル」朗々とした声が背後から響く。

振り向くと、ガーナルの治安維持局長ケフィール・ヴァグナンがたったいま大型グライダーから降り、こちらへ歩いてくるところだ。ヴァグナンは八十四歳で長身痩軀《そうく》、赤褐色の肌。銅色の髪は光の当たり具合で、ツァリト人特有の酸化したようなグリーンの輝きを帯びる。

ドマシェクは安堵の息をついた。

ヴァグナンとは秩序や規則に対する考え方が異なるため、とくに気が合うわけではないが、たがいに敬意をいだいている。

捜索隊長をつとめるエプサル人、オルロク・スクテルがヴァグナンの前に進みでて、「怪しい場所を徹底的に調べました」と、報告した。「ラッセルののこした痕跡はすべて発見。追跡ロボットの赤外線探知機能を使って、クレスト公園での行動《ハンドルング》も記録しました。しかし、再現できた時間内にもうひとりの人物がいたかどうかは、定かではありません」

「ハンドルング？　ハンドルングだって？」ドマシェクはあきれたようにくりかえし、「クレスト公園で商売《ハンドルング》したなんて、わたしはひと言もいってないぞ」

「わたしもそんなことはいってない」スクテルはむっとして、「きみの〝行動〟について報告しただけだ」

「ユーモアとしてはおもしろいがね」ヴァグナンが茶々を入れる。「われわれ、善良なる市民ラッセルがクレスト公園で商売したなどと非難するつもりはない。たとえば、果物とか野菜とかを」そういい、くすりと笑った。

「それに〝のこした〟痕跡というが、〝いいのこした〟ことはない」ドマシェクはつけくわえる。「なにもかくしてないし」

「かくして？　かくして埋めるってことか？」べつの保安員が口をはさんだ。「だれかに殺して埋めると脅されたのか、ラッセル？」

「本題にもどろう！」ヴァグナンが注意をうながした。

「なんの題です？」スクテルはわけがわからないといいたげに、「いま話しているのはある人物についてで、題についてではありません」

「では、人物にもどろう！」ヴァグナンは譲歩した。「ラッセル、どうかくわしく話していただきたい！」

治安局長の話し方がやけにていねいだとドマシェクは思ったものの、不安を払拭《ふっしょく》したかったので、話しはじめた。

「その男は道に迷ったとわたしに話しかけ、ペリー・ローダンに会わせろといった。地球が滅亡の危機にあると。重度の統合失調症であることはすぐにわかった。おまけにテレパスで、思考伝達能力もある。施設の制服を着ていたので、どこかの療養所か特殊クリニックから脱走してきたにちがいない。明らかに危険人物だ」

オルロク・スクテルは大きな頭を振り、

「だれもいません、局長。いれば追跡ロボットの3D赤外線フォームに記録されたはずですが、足跡ひとつ見つかりませんでした」

しだいに立場がまずくなっていく。ドマシェクはそれまで、異人の腕がすりぬけたことについてはかたくなに口を閉ざしていた。保安員たちがどう反応するかわからないからだ。しかし、窮地におちいったいま、ほかに道はない。

「あの男は完全な実体ではないかも」と、慎重に言葉にした。

ケフィール・ヴァグナンが驚いて額にしわをよせ、おうむ返しにいう。

「完全な実体ではない……」ひと言だけ発したが、この話をさらに掘りさげると決めたらしい。ラッセル・ドマシェクが怪談をひねりだすような人物でないことはよく知っているから。「どういうことだ、ラッセル？」

ドマシェクは汗だくになり、チュトンのようすをできるだけ正確に描写しようとつとめた。

「奇妙な感じだった」と、ひとり言のように、「最初はわたしのガールフレンドかと思ったんだ」

数名の保安員が笑いだしたが、たしなめるようなヴァグナンの目つきを見て黙った。

「霧のせいかもしれない」いまはほとんど晴れているのに気づき、ドマシェクは急いでつづけた。「さっきはひどい濃霧だったから。でも、相手が未知の異人だということはすぐにわかった。とりわけ驚いたのは、目だ。眼球が黒くて、瞳は白。そういえば、肌や髪には色がなかった」

そこでぎゅっと目をつぶる。

「煙か！　そうだ、きっと！　着ているものがスモークグレイだというだけじゃない。かれそのものが、湧きたつ煙か……霧のようだった」

「きみの見たものがただの霧で、それがおかしなかたちに見えた可能性はないか？」ヴァグナンが訊く。

「ない！　その男、わたしに話しかけてきたんだ！　いや、そうじゃないな。自分の思考を送ったんだ」

「思考は物体じゃない。荷物とちがって送ることはできない」保安員のひとりがいう。

ヴァグナンはなにもいわずに考えこんでいたが、しばらくして顔をあげ、ソーシャルワーカーをじっと見て訊いた。

「思考を送るとは、どうやるのだ？」

「送り手の思考が受け手の意識のなかでかたちになるんだ」と、ドマシェクは説明。

「なるほど！　自分で考えたのと同じようにか？」

「まさにそのとおり。だって、なにか重要なことをいうさい、それが自分の考えから生じたものでなければ、すぐ気づくだろう？　どうやってその考えにいたったか、ふつうは記憶しているもの」

「その記憶が無意識に押しつけられたのでないかぎり、ということか」ヴァグナンがつけくわえる。「きみが当局の教育プログラムで講演したさい、そう表現していたな、ラッセル。異人の名前はなんといった？」

「チュトンだ」

「よし、その男を探そう。もう異人のことは忘れてよろしい。さて、職場へもどるが、いっしょに乗っていくかね？」

ドマシェクはうなずいた。

「コミュセンで降ろしてもらいたい。クリパー委員会の会合があるので」

## 2

ラッセル・ドマシェクが小会議室に入っていくと、ほかの委員四名はすでに集まっていた。

エルトルス人のラダク・テルトラ。テラニアにある大手ビール会社の醸造所長だ。次に、ブルー族の幻想サロン経営者レルレイ・ニュトリュン。〝クレイジー・ハプニング〟はいかがわしい場所だという偏見の目でつねに見られている。シガ星人のデジタリス・アウラは詩を書くかたわら武器の設計をしていて、いつ見ても騎士の甲冑《かっちゅう》を思わせる古色蒼然とした戦闘服姿だ。最後にセプタル・グリール。青白い顔の痩《や》せたアラスで、ガーナルでサイコセラピストとして活動している。

ニュトリュンがこれ見よがしに多目的アームバンドの時刻表示に目をやった。

ドマシェクはあえぎつつ、どさりとシートにすわりこむ。いつもながら、太りすぎのからだが恨めしい。

「遅れてすまない！」と、息を切らしてあやまった。「治安維持局で証言をとられていたんだ。クレスト公園で頭のおかしな男に遭遇したもので」

「変質者か？」ラダク・テルトラが興味津々《きょうみしんしん》の目で、「貞操を奪われたのか？」

おや指大のデジタリス・アウラが、テーブルの上に固定されたシートから立ちあがった。腰にこぶしを当てて肩を揺すり、黒い戦闘服の上にかかった赤の短いケープをはためかせて、

「いつかその下品な舌をちょん切るぞ、エルトルス人！」胸につけた拡声機から声をとどろかせる。ドマシェクのほうに身をかがめ、「われわれ全員の名において、失礼な言葉を許してもらいたい、親愛なるラッセル」

ドマシェクはなだめるように手を振り、また息を数回はずませると、

「もういい、友よ！　さて、われわれの集合の議題だが……」

「ちがう！」ニュトリュンが横槍を入れた。「集合でなく、会合だ」

ドマシェクは歯嚙みした。

「わかった。われわれの介護の……ああ、くそ！　途中で口をはさむから、いいそこなったじゃないか。もう省略しよう。きょうは十二月二十二日。つまり、あと二日でテラ伝統のクリスマスがやってくる。異星人の社会福祉に寄与するわれわれガーナルのクリパー委員会としては、かれらがクリスマスパーティに参加できるよう、責任をもって準備しなくてはならない」

ドマシェクは少々いらだつ。ほかの者が全員、まるでインターコスモを理解できないみたいな顔でこちらを凝視しているのだ。むっとしてつづけた。

「いまは重苦しい時間だ。ヴィシュナの脅威が暗雲となってテラ上空をおおい……」

セプタル・グリールが自分の前にあるコンソールのセンサー・ポイントに触れた。3Dヴィデオ・スクリーンが明るくなり、テラニアの一角が立体カラー映像でうつしだされる。霧はすっかり晴れ、首都には澄みきった青空がひろがっていた。

「暗雲なんかないぞ」アラスは淡々とコメントした。

「あと、時間には重さがないのに〝重苦しい〟というのも変だ」ラダク・テルトラが口をはさむ。

「それでも時間は去りゆく。幻想サロンの開店までにもう二時間ほど眠りたいんだが」

レルレイ・ニュトリュンが仏頂面《ぶっちょうづら》でいう。

「時間というのは出来ごとでなく現象だ。去りゆくものじゃない」ドマシェクは訂正した。

た。自分で話題をそらしてしまったことに腹をたてつつ、苦労して話の糸口を探る。

「さて、今年もコミュセンの大宴会場を用意しようと思ってる。ええと、レルレイ、ま
たイルミネーションの面倒をみてくれるか？」

ブルー族は合点がいかないようである。

「なにが面倒なのだ、ラッセル？」

ドマシェクはシャツのいちばん上のボタンを開けて、

「面倒なんじゃない。クリスマスパーティのイルミネーションを担当してくれってこと。宇宙船のポジションライトを使って細長いピラミッドをつくるんだ。それを最後にやったとき、ゲストの評判がとてもよかったから」

ニュトリュンは驚いたようすでホース状の頸をねじ曲げ、

「どうして〝最後〟なんだ、ラッセル？　今年はクリスマスパーティを開催する予定《シュタットフィンデン》がないというのか？」

「フィンデン？」ドマシェクは思わず問いかえす。「なんで、町《シュタット》を探す《フィンデン》などと？　おい、幻想サロンにいるつもりになってるんじゃないだろうな！」

そこでいきなり全員が勝手にしゃべりはじめた。

ラッセル・ドマシェクはうなった。いったいぜんたい、どういうことだ。なぜ、次から次へと話題があさってのほうにいくのか。そもそも、なにを話していたんだっけ？

「なぜ今年は、パーティするのにべつの町を探すのだ？」ひときわ大きいテルトラの声が響いた。「そんなところへガーナルの住民はだれも行かないさ」

「どっちみち、だれも行かないぞ」ドマシェクはそういい、もともとの話題を思いだして、「じゃ、大宴会場をとるからな」

「そんな手間のかかることを！」アウラの声が耳をつんざいた。スピーカーの音量を最大にしたらしい。「宴会場は動かすものじゃない！　どうして〝とる〟必要がある？」

「そうじゃなく、使うという意味だ！」ドマシェクはやけくそで叫んだ。

「さっきはそういわなかった」と、シガ星人。「きみが誤解を招くようなことばかりいうんでは、なにも決まりはしない！」

「決まりか、そりゃいい！」ニュトリュンがわが意を得たように、「決まりだ！　会合は終了！」

　そう叫ぶと席を立ち、ドアに向かった。

　ドマシェクは怒ってこぶしをテーブルに打ちつけ、

「もううんざりだ！　すぐにもどってこい《ケーレン》、レルレイ！」

　ブルー族は立ちどまった。左手の七本指のうち一本を皿頭のうしろへ持っていき、後頭部側にあるふたつの目のまんなかを軽くたたく。

「ケーレンだと！」ひどく憤慨したようすだ。「グリーンの砂の被造物にかけて！　つまり、きみたちテラナーは清掃ロボットにかける金をカットすることにしたんだな。掃《ケ》除《レン》しろとは！　わたしをニュギチュイあつかいするのか！」

　ドマシェクは急いで立ちあがったが、ブルー族が出ていったのを見て、またシートにすわりこんだ。空気の抜けた風船みたいな気分だ。

　ラダク・テルトラも会議室を出ていった。〝クリパーの敵は官僚主義と緊縮財政だ〟

とかなんとかつぶやきながら。セプタル・グリールが黙ってエルトルス人のあとを追う。デジタリス・アウラだけはその場にのこった。浮遊シートを動かしてドマシェクに近づき、じっと見つめる。

「どう考えたものかわからないが、きみの言葉は意味を失ったようだ」と、アウラ。「悪いけど失礼する、ラッセル。これでひとつ詩がつくれるか、熟考してみよう」

ソーシャルワーカーはとほうにくれて、ちいさなシートにすわったまま去っていくシガ星人を見送った。

＊

長い時間が過ぎ、ようやくラッセル・ドマシェクはわれに返った。ヘルツィナに連絡しようと決心する。ヴィジフォンの呼び出し音で起こすことになってもかまうもんか。だれかとまともに話をしなくては。なぜそれが委員会メンバーの四名とはできなかったのか、いまだにわからない。うめきながらシートから立ちあがる。ふと、前にあるものすべてが回転したように見えて、手で両目をこすった。

あんな委員会、ありえない！

いや、実際に体験したのだから、ありえない〝ような〟というべきだろう。とはいえ、すべてのことには理由がある。ひょっとして、かれらの作戦だったのか？　ああいうやり方で、パーティにつきものの準備作業や責任から逃れようとしたのかもしれない。充分ありうる話だ。異星人にとってクリスマスなんて、なんの意味がある？　かれらがクリスマスパーティにまったく思い入れなく、多数あるお祭りのひとつとみなしているのは明らかじゃないか。自分たちの都合で〝クリパー〟と略したことからして。

無理もない、と、ドマシェクは後頭部を掻きながら自嘲ぎみに認めた。聖夜の祝典はすっかりコマーシャリズムに毒され、だれもが仲よく平和を希求するという本来の意味合いは、いまや人々の心のなかにしかない。外から見れば、パーティのばか騒ぎと高価なプレゼント競争に堕《だ》してしまっている。

しかし、だからこそガーナルの異星人たちにはクリスマスの本来の意味を知ってもらいたいのだ。はるか昔、ある預言者の誕生を祝う日だったということは、いわないにしても。

ドマシェクは意気消沈した。今年はひとりで準備作業をやることになりそうだ。最終的には、ガーナルのソーシャルワーカーである自分の職務なのだから。

休日返上になることを悲しく思いつつ、飲料供給装置にとぼとぼ歩く。ポケットから小銭を出して投入口に入れ、クリームと砂糖入りコーヒーのボタンを押した。

プラスティック・カップに飲み物が満たされるあいだ、壁のアルコーヴにあるヴィジフォンに目がいく。カップの縁を指でつまむと、ヴィジフォンに向かい、ヘルツィナ・クースの接続コードを入力した。

たっぷり一分待ったのち、やっとスクリーンが明るくなる。ヘルツィナはガウン姿で髪もくしゃくしゃだ。予想はしていたが。

「あなたか」と、眠そうな声でいい、あくびをした。

「ああ、わたしだ。気持ちのいい朝だよ、ハニー！　ゆうべはどんな夜だった？」

ヘルツィナは額にしわをよせ、ホワイトブロンドの髪を指でなでつけた。ドマシェクはその髪型を、いつもふざけて〝カカドゥ・スタイル〟と呼んでいる。

「ひとり寝にきまってるじゃない」女の目が不機嫌になる。「まさか、わたしが浮気したとでも思ってるの？」

ドマシェクはふと笑みを浮かべた。

ヘルツィナは怒るといつも考えなく、べらべらしゃべるのだ。

「そんなつもりで訊いたんじゃないよ」と、プラスティック・カップを口に持っていく。

ヘルツィナが不審げに目を細めて、

「なに飲んでるの、ラッセル？」

「コーヒーさ、もちろん」そう答え、舌をやけどしないようにそっと中身をすする。

ところが、口のなかにひろがったのはクリームと砂糖入りコーヒーの味ではなかった。

そもそも、コーヒーですらない。まったく予期しない味だったので、思わず噴きだしてしまう。

スクリーン表面にそばかすのごとく、赤い斑点が散った。

血だ！

ドマシェクは悲鳴をあげてカップをほうりなげた。それからようやく味覚が働き、赤い液体の味が意識にのぼってくる。冷えたトマトジュースだ。

困惑し、驚きから立ちなおれないまま、スクリーンについた斑点を上着の袖でぬぐいはじめた。

「お願いだからやめて！」ヘルツィナは気分を害したらしい。「そんな汚いもの飲まないわ。冗談のつもり？　わたしがそうとると思ったら、大まちがいよ」

ドマシェクはスクリーンを拭《ふ》くのをやめ、赤い斑点を通して恋人の表情を見定めようとした。どう見ても、ヴィジフォン経由でトマトジュースを飲むとふざけている顔ではない。だが、たしかにそういったのだ。

この話はもうやめよう。サーボ・ロボットが近づいてきて清掃をはじめたので、ドマシェクはすこしうしろにさがった。

「申しわけない。コーヒーを買ったつもりだったもので」そう弁解し、サーボ・ロボットのセンサーの前に汚れた袖をかかげる。できればこれも、きれいにしてもらおうと思ったのだ。「ごめんよ、ヘルツィナ」

ロボットはスクリーンを拭いたのち、モーター音をたてながらドマシェクの腕を上下していたが……いま吸いとったばかりのトマトジュースをそこに浴びせ、浮遊してはなれていった。

ドマシェクはあっけにとられて、しずくのしたたる袖を見つめ、

「わけがわからん」しどろもどろでいう。

「悪趣味きわまりないわね」と、ヘルツィナ。「だいたいあなた、どうしてわたしを起こしたのか、理由を教えてくれる？」

「よく訊いてくれた。ただの理由じゃないんだ。ガーナルのコミュセンのことで話がしたかった。二度も変なことが露見してさ。いい？」

ヘルツィナはまた額にしわをよせ、

「いいっていうけど、なにがいいのよ。それにあなた、またおかしな言葉を使ったわよ。露見じゃなくて濾過でしょう。あと、〝なにかが濾過した〟っていうのもおかしいわ。〝あなたがなにかを濾過した〟か、〝なにかが濾過された〟かよ」そこで声を張りあげ、「だけど、変なことを濾過したってどういう意味？」

ドマシェクはあやうく下品な悪態をつきそうになり、唇をぎゅっと結んだ。ヘルツィナはたしかに毎日のごとく、かれのテーブルマナーや言葉使いに文句をつけるが、それ

以外については寛容で愛情深い。しかし、きょうは喧嘩を売っているみたいだ。でなければ、なぜこれほど些事《さじ》にこだわり、こちらの言葉に思ってもみない意味をこじつけるのか？

そのとき突然、驚愕がはしった。

デジタリスはなんといっていたっけ？

〝きみの言葉は意味を失った〟だ！

これはなにもかも、ただの夢なのだろうか。たしかめようと、右手をあげておや指を噛んでみた。痛い。すべて現実だ。だが心理学者でもあるドマシェクは、夢のなかでも痛みを感じることがあると知っている。

「まさか、ここにきてマゾヒズムに目ざめたわけ？」ヘルツィナは真剣な顔で追及してきた。「それとも、わたしとつきあうのが面倒になったから怒らせようとしてるの？なにをしたいのか、はっきりいう勇気もないの？」

ドマシェクはおや指を口から出すと、

「言葉が意味を失う……」と、つぶやく。そのとたん、寒気《さむけ》がした。「チュトンのいった不気味な脅威とは、このことだったんだ。かれを探さないと！」

まだヴィジフォンがつながっていることも、ヘルツィナのことも忘れた。シガ星人の言葉と不思議な未知者の謎めいた警告が、頭のなかを駆けめぐる。

ヘルツィナがかれの名を呼んだが、ドマシェクは耳も貸さずヴィジフォンに背を向けた。投げ捨てたプラスティック・カップにうっかりつまずき、トマトジュースののこりがこぼれて流れだす。

つるりと滑ったものの、転ばずにもちこたえた。

赤い水たまりを凝視して、

「トマトジュース……」と、口ごもる。「トマトジュース！」

その視線が飲料供給装置にとまる。ドマシェクは彩色されたマシンのほうへゆっくり歩いた。マシンを制御するコンピュータは極小サイズとはいえ、作動ミスなどまずありえない。

サービスコンソールに手を伸ばす。しばしためらったのち、すばやく三つのボタンを順番に押した……コーヒー、クリーム、砂糖。

プラスティック・カップが出てきて、細い搬送ベルトでサーバーに運ばれる。そこからカップに注《そそ》がれたのは、真っ赤な濃い液体。トマトジュースだ。

「なんてこった！」ラッセル・ドマシェクは叫ぶと、その場を急ぎ去った。

# 3

シシャ・ロルヴィクの転送ステーションで実体化したレジナルド・ブルは、転送サークルの外に立つ長身痩軀で黒髪の男を見た。

ガルブレイス・デイトンだ。

いつになく深刻な顔をしている。

ブルは転送サークルを出ると、感情エンジニアの手を握った。

「ストロンカー・キーンとプシオニカーたちはどうしている?」そうたずねながら、プシ・トラストの男女が味わった恐怖に思いをいたす。はるかな未来から到来しヴィシュナと結託したマークス、グレク336が攻撃してきたさいのことである。

「現状を考えたら驚くほど快調です」デイトンが答える。ふたりは転送ステーションをあとにし、プシオン・トレーニング・センター……通称プシトレの中枢施設〝思考タンク〟に向かう搬送ベルトに乗った。「とはいえ、全員が恐怖をいだいていることはかくせませんね。また実験をはじめれば、マークスのバリアが強化されるのではないかと」

ブルは同情するようにうなずき、

「わたしもそうだ、ガル。だが、太陽系のどこかにヴィシュナがひそんであらたな攻撃のチャンスを虎視眈々《こしたんたん》と狙っていると思うと、背中が熱くなったり冷えたりする。とにかく時間ダムを再構築しなければ。ヴィシュナに対する唯一の防御なのだから」

「ただなんといっても、まだ時間ダム崩壊からたった七日です。たとえヴィシュナといえど、火中の栗をひろうあらたな協力者を手に入れるには、ある程度の時間がかかると考えていいんじゃないでしょうか」

「いいたいことはわかる。ヴィシュナが攻撃してくる前にグレク336のバリアが崩れることを期待しているのだろう。だが、アート・キャンベルとルガー・サーカンツの報告によると、まだバリアはもちこたえるらしいぞ……かなり長く」

デイトンはなにもいわない。ブルもまた口をつぐんだ。ふたりともこの状況で、いうべきことはいったから。結局のところ、現状においてプシ・トラストを出動させるリスクを、自分たちの責任で引きうけると確認したかっただけだ。

思考タンクのホールには、目前に迫った出動に参加するプシオニカーのほとんどが参集している。ふたりがロビーに入ると、ストロンカー・キーンが近づいてきた。プシオニカーの代表はいつものごとく鍛えあげた状態に見えるが、その目には疲れの影がある。プシ・トラストのメンタル・エネルギーを調整し強化する立場なので、マークスの攻撃のあいだ、ほかのプシオニカーが交替勤務をするなかでも休まず働いていたのだ。

「準備万端です」と、キーン。「今回も、とくに感受性の強い者たちが各自の部屋から参加するかたちでプシオニカーをサポートします」そこでいいよどむと、訊いた。「外のようすは？」

「ヴィシュナのシュプールは皆無《かいむ》だ。おかしな動きもない」と、ブル。「早期警告システム・ステーションが宇宙空間で見張っているが、なにも探知しない。念のため、LFT艦隊の数部隊に待機を命じてある」

キーンはすこしほっとしたようだ。

「では、五分後に開始です。メンタル・エネルギーがバリアに阻《はば》まれて時間ダムが構築できない場合は、ただちに中止します」

「手順はまかせる」デイトンが応じる。

キーンは感情エンジニアとブルにうなずき、思考タンクの防音室に入った。

デイトンとブルはおちつかず、いったりきたりした。最悪の場合、プシ・トラストの出動により、見る、聞く、感知するといったことができなくなるかもしれない。

また、たとえ時間ダムの再構築がうまくいっても、一部だけだとしたら話はべつだ。その場合は時間侵攻が起こり、シシャ・ロルヴィクも自分たちもカオスに巻きこまれる。

五分たつと、ブルは額の汗をぬぐった。あとはなにもしない。デイトンのほうはもっとおちついている。

それから一分後、防音室のドアが開いた。ブルとデイトンは機能停止したロボットさながら立ちつくし、戸口を見つめる。

ストロンカー・キーンが出てきた。まっすぐ立ってはいるが、その顔には疲労と失望が見てとれる。

「だめでした」と、低い声で、「いまいましいバリアがプシオンをぜんぶのみこんでしまうんです。われわれの脳をぞっとする恐怖で満たし……」

上体がぐらりと揺れる。

ブルとデイトンは急いでキーンを支え、椅子に連れていくと、そっとすわらせた。

「過大な要求をしてすまなかった」と、感情エンジニア。

「感謝している」ブルはがっかりした顔を見せないよう注意しながらいった。「プシオニカーたちにもそう伝えてくれ、ストロンカー。われわれ、時間ダムなしでどう乗りきるか、考えるとしよう」

＊

レジナルド・ブルとガルブレイス・デイトンが転送機でハンザ司令部にもどると、驚いたことに、転送機エンジニアと中年女性が論争している最中だった。内容はよくわからないものの、半分開いた制御キャビンのドアからいきりたった声が聞こえてくる。両者がはげしい身ぶりで言葉をぶつけ合っているのが、透明壁を通してはっきり見えた。

ふたりはブルたちに気づくと、きまり悪そうにうなだれた。

ブルはにんまりしてうなずき、ドアから頭を突きだすと、

「ちょっとした喧嘩を適時にするのは悪くないものだ。緊張がほぐれるからな！」と、からかうようにいった。

男女ふたりはまったく同じ動作でこうべをめぐらせ、標準時刻が表示された小型ディスプレイを見あげた。女がたずねる。

「あのう、適時というのは何時のことですか？」

ブルは困惑してまばたきし、答えた。

「なんでも言葉どおりにとるな。ありもしない問題をしょいこむことになるぞ」

もう一度うなずくと、デイトンのもとへもどる。このあいだに感情エンジニアはアームバンド・テレカムで通信連絡を受けていた。

「ハチの巣箱じゃ、われわれを探してみんな泣いてるそうです、ブリー」と、知らせる。

ブルは笑みを浮かべた。〝ハチの巣箱〟とは会議室のこと。ハンザ・スポークスマンの緊急協議がひっきりなしに開かれ、巣箱をつついたような騒ぎになるからだ。とはいえ、実際の人の出入りはほとんどなく、たいていは無数の通信装置を使ってホログラム

とやりとりするのだが。

そこでいきなりブルは額にしわをよせ、

「なぜ泣いてるんだ？」と、驚いたように訊いた。「わたしを引っかけるつもりか、ガル？」

デイトンは笑いだし、

「あなたは重すぎて引っかけられません、でぶ」そういうと、同じく額にしわをよせ、

「いつから言葉をそのままの意味にとるようになったんです？」

「きみが〝みんな泣いてる〟などというからだ。本当か？　それともでっちあげか？」

「聖なるソラーにかけて！」デイトンはあきれたように首を振り、「そんな真剣な顔してみせても、まともに受けとりませんよ。さ、早く行きましょう、一目散に！」

ブルは友を上から下まで、ねめつけるように見た。

「やっぱり冗談なのだな、ガル。その〝いちもくさん〟とやら、いつか会いに行ってもいいが、いまはだめだ。急がなければ」

そういって通廊を走り、逆方向の搬送ベルトに跳び乗る。

デイトンはあとを追うと、ブルから数歩はなれて、なにやら考えこんだ。

＊

会議室ではホーマー・G・アダムス、ジュリアン・ティフラー、ジェフリー・アベル・ワリンジャーが、それぞれ四名ないし十二名のホログラム・プロジェクションを相手に会話していた。ほかにも多数のヴィデオ・スクリーンが明滅している。宇宙ハンザ上層部メンバーと話すのを待っている者がおおぜいいるのだ。

ひときわ大きいスクリーンに、にっこりほほえむ満月のコンピュータ映像が表示されていた。もちろんこれは一技術者のジョークだが、ルナのインポトロニクスに接続中というサインでもあった。こうしておけば、緊急協議でやりとりされる全情報を直接ネーサンが入手できるため、その助言が必要になったさい、重要事項をあらためて長々と説明せずにすむ。

レジナルド・ブルはホール並みに大きな部屋へと、いつものはずむ足取りで飛びこんだ。頭脳明晰、労働意欲に燃えたエネルギーの塊りとなっている。

まず、明滅中のヴィデオ・スクリーンを一ダースばかり作動させ、報告や質問を受けた。いずれもたいした内容ではなく、いつもならすみやかに解決できるはずのことばかりだ。なのに、きょうはどれも一回でかたづかない。まるで、会話の相手が全員まともに考えられなくなったみたいなのだ。だが、他人のせいにするのは性に合わないので、相手のいうことを理解しようと根気強くつとめた。

なんとかやり遂げたものの、これまであまり経験したことのない気分が芽生えたのにった。

気づく。つまり、落ちこんだのである。

ブルはののしり文句をつぶやきつつ、自動供給装置に行き、チョコレートの小箱のボタンを押した。落ちこんだ気分のときは、これがいちばんだ。

ところが、出てきたものを手にとってみると、チョコレートでなくビスケットの箱だった。

頭にきて握りつぶしそうになったものの、きまり悪げに笑ってから箱を開け、ビスケット二枚を口に押しこんだ。

「チョコレートじゃないんですか?」と、ワリンジャーが訊く。会話のやりとりを終え、やはり供給装置にやってきたところだ。

「きょうはビスケットの気分なのさ」ブルは口いっぱいに頬張ったまま答える。ボタンを押しまちがえたとは認めたくない。

ハイパー物理学者はうなずいた。かれにしてはめずらしく動きがこわばっていて、ぎこちない。

「濃いコーヒーでも飲まないと」そういって、センサーボタンに触れた。

プラスティック・カップが落ちてきて、吐出口から褐色の液体が注がれる。それはコーヒーでなく、ココアだった。

したり顔でブルが笑う。

「こんなはずじゃなかったのに」ワリンジャーはぶつぶついうと、カップからひと口すすり、顔をしかめた。舌をやけどしたらしい。

ジュリアン・ティフラーも会話を終え、円形の会議テーブルにもどって腰かけていた。頭をかかえている。

まるで消化不良を起こしてるみたいな顔だ！　と、ブルは思った。

そのとき、いきなり会議室のべつの場所から大きな声がした。

「しまいには雷が落ちるぞ！」ガルブレイス・デイトンがスクリーンの会話相手に向かってどなっていた。「充分わかりやすく説明しただろう。なのに、またしても……」そこで声のトーンが落ちる。

「たしかに、この天気ですからね！　いらいらして混乱するわけだ」ワリンジャーがため息をつく。舌先で唇をなめ、おそるおそるココアに口をつけて、また怒ったように顔をしかめた。

ブルはうなずく。そういえば、きょうのテラニアがどんな天気になるか知らないが、それが問題なのか？　ガルはなにか天気の話をしていたようだが。

さらに二枚、ビスケットを頬張ると、箱をポケットに突っこんで会議テーブルについた。ワリンジャー、ティフラー、デイトンも席につく。あとはアダムスだけだ。宇宙ハンザの経済部チーフはコンピュータでなにか計算中である。

「ちょっと顔を貸してもらいたいんだがね、ホーミィ！」ブルが大声を出した。

アダムスはこうべをめぐらすと、腑に落ちないような顔で、

「ずいぶん奇怪《きっかい》なことをいいますな」と、応じる。

「なんだと？」ブルはいきりたち、「わたしがなにをいった、ホーマー？」

「そのとおりにしてあなたの顔がどうなるか、見てみたいもんです」アダムスは席につくと、苦笑いを浮かべた。

「だが、実際そのとおりにしたじゃないか」ブルはわけがわからない。「それとも、ここにすわっているのはきみじゃなくて幻だとでもいうのか？」

「ま、いいでしょう！」経済の天才は温厚なようすでいうと、デイトンに向かい、「シシャ・ロルヴィクへ行ったのだな、ガル。どうだった？」

「どうだった？」感情エンジニアはおうむ返しにいった。「〝どうやって〟でしょう。もちろん転送機で行きました」

アダムスの顔もティフラーと同じく消化不良を起こしたようになる。それでも辛抱強くつづけた。

「なにを使って行ったかはどうでもいい。プシオニカーたちがうまくやれたのか、その話にうつって《リユツケン》もいいころだと思ってね」

「その話と背中《リユツケン》と、どういう関係があるんです？」デイトンはそういうと、無意識に背

中を掻いた。

ブルは背中をすこしシートからはなし、

「これでいいか、ホーミィ？」と、訊く。相手はますます困惑顔だ。「遺憾ながら、プシオニカーは失敗した。マークスのバリアがプシオンをスポンジのごとく吸いとってしまうんだ。これ以上バリアが強化されないよう、ストロンカーは試みを中断せざるをえなかった。というわけで、おめでたい状況とはいえない。なにか新しい方法を考えなければ。だれか提案がある者は？」

ティフラーが頭をあげた。それまでずっと、ひとさし指でテーブルの上に絵を描くしぐさをしていたのだが、明らかに動揺して、

「ずいぶん話が飛躍していませんか、ブリー」と、いう。「なんです？　いったい、だれが〝おめでた〟だと？」

ブリーの顔が赤くなった。心のなかで十まで数え、できるだけ友好的にいう。

「きみかね。わたしではないぞ、ティフ。どこからそんな考えが出てきたか知らんし、また知りたくもないが、とにかく、いまは集中して人の話に耳をかたむける必要がある。なのに、われわれの何人か《アイン・バール》はそれができていないようだな」

ワリンジャーがあからさまに周囲を見まわし、

「ここに女性はいませんが」と、きっぱりいった。

「たまたまだ」ブルが応じる。「女ハンザ・スポークスマンたちは目下、べつの重要任務に当たっているから」

「だったらなぜ、男女のペア《アイン・パール》なんていうんです？」ハイパー物理学者は食ってかかった。

「これもまた、お得意の奇怪ないいまわしですか？」

「この……！」ブルはののしりかけたが、急いで深呼吸し、なんとか自制する。「すまん、もうすこしで悪態をつくところだった、ジェフ。わたしも自分を律してよく考える癖をつけなくては。だが、きみのほうは気づいていないのか？　言葉にこだわりすぎて人の揚げ足をとっているぞ」

「夢にも思いませんでした、ブリー」と、ワリンジャー。「気を悪くしたなら、わたしのほうこそあやまります。いつまでも脱線して時間をむだづかいするわけにはいかない。具体的な話をしましょう。提案ですが、出動可能なツナミをこれまでより頻繁に偵察《アウフクレ》に出《ールング》すのはどうでしょうか」

「無責任な。ヴィシュナの脅威があるいま、そんなことにツナミを投入するとは」ティフラーが口をはさむ。「それは両親や学校がやることだろう」

「なんの話だ？」アダムスが質問した。

「おそらく、花とミツバチに関する話ですね」ワリンジャーはむっとして、「わたしは性教育《アウフクレールング》じゃなく、恒星間宇宙のことを話題にしてるんです。ティフ、そんなに疲れてるなら、数時間の眠りをむさぼってはどうですか？」

首席テラナーはこのうえなく混乱した顔になり、ごくりと唾《つば》をのんで首を振った。

レジナルド・ブルもまた混乱した顔で、

「眠りをむさぼり食うなんて、やってみたためしはないが」と、ひと言。「それにしても、これじゃ話にならん。われわれ全員、神経がまいっているようだ。話がそれてばかりじゃないか」

「性教育の話なら、ピルがあれば……」アダムスが話しはじめる。

「やめろ、ホーマー！」ブルは小声で制した。思いきりどなりつけたい気分だったが。「苦しまぎれの冗談はけっこう！　精神に負担がかかりすぎたせいで無意識に防衛しているのだろうが、われわれは立場上、ある程度の威厳を守る必要がある。よし、コーヒーブレイクといこう。ヴィシュナの話はそのあと……」そこで引きつった笑みを浮かべ、「ヴィシュナ……そうだ！　いかに自分がこんがらがっていたか、これでよくわかった。忘れてたよ、ネーサンのことを。月のインポトロニクスなら、大局的見地から概観を伝えてくれるはず。それでいいか？」

全員がいっせいにうなずく。ブルは満足した。

みな疲れきってはいても、窮地を乗りこえようという強い意志は不変なのだ。

「コーヒーはわたしが持ってこよう」そういって立ちあがる。

自動供給装置に行くと、まずトレイを用意してからコーヒーを五杯ぶん、各人の好みに合わせて注文した。ところが、

「あれ、ちくしょう！」小声で悪態をつく。プラスティック・カップ五つに出てきたものは、紅茶、フルーツジュース、ミネラルウォーター、レモネード、トマトジュースだ。

「一度にこれほどミスするなんて、考えられん！」

からだでトレイをかくして友たちから見えないようにすると、ひとまず装置の上にカップを置いた。センサーボタンを食い入るように見つめ、そこに書かれた文字を三回も読みなおしたのち、ふたたび押す。

何度やっても結果は同じだった。まるで殴られたような気分だ。

「なにをやってるんです、でぶ？」ティフラーが呼びかけてくる。「五種類の飲み物を十杯も！」

ブルは顔を真っ赤にして、あやふやな口調で答えた。

「自動装置がおかしい。壊れてるようだ」

「そんなばかな」と、ワリンジャー。「この手のマシンにはコンピュータが三つ搭載されてますよ。万一ひとつが故障しても、あとのふたつが機能して不具合をサービスセンターに報告するし、そのあいだもマシンは問題なく使えます。自動供給装置を動かすのなんて、おや指大のコンピュータがひとつあればたりるんですから」

「だったら、かつてない大事故だ。一千万年に一度、起きるか起きないかの」

「まさか！」

ハイパー物理学者は立ちあがり、首をかしげながらプラスティック・カップの中身をじっと見て、〝ビール〟と書かれたセンサーボタンを押した。

吐出口からちょろちょろ注がれたのは、白い液体だった。憮然としたワリンジャーに、ブルがいう。

「おかしなビールだな。わたしにはミルクに見えるが」

科学者は必死に考えをめぐらせていたが、髪を指で掻きあげると、まいったというように笑い、

「そうですね、たしかにわれわれの技術は、自分たちが考えているほど完璧ではないようです。いまごろはサービスセンターに連絡がいったでしょうから、係員がコンピュータを交換しにくるはず。数分もすればなおりますよ」

ブルの気分はすこしよくなった。コンピュータが三つとも故障なら、チョコレートでなくビスケットが出てきたのも納得できる。自分がおかしいわけではなかったのだ。

手をこすりながら会議テーブルにもどると、

「というわけで、諸君！」と、機嫌よくいった。「コンピュータも壊れる。人間としょせん同じだ」

「〝しょせん同じ〟はやめてくださいよ」デイトンがからむ。「人類を、魂のない機械と同じ場に置くつもりですか？」

「そんなこといってないぞ！」ブルは憤慨した。

「どこの場だ？」ワリンジャーもテーブルにもどってきて、質問する。「全人類がならぶことのできる場なんて、聞いたことがない。そんなひろい土地は存在しない」

「もののたとえだ。言葉にべつの意味を移植しただけだよ」と、感情エンジニア。

「意味は臓器じゃないから移植できない」アダムスがさりげなく割りこんだ。

ブルは友たちの顔を順番に見ていった。正気を失っているのはかれらか、それとも自分のほうか。

その判断をする前に、一通信装置の発光フィールドが赤く点滅した。

アルファ通信だ！

装置に急ぎ、視線命令でスイッチを入れる。

コンソール・デスクにすわる中年女性のホログラム・プロジェクションがあらわれた。背後には多数のディスプレイが見える。

「ハンザ司令部の分析評価センター、地球近傍宙域担当エリヤ・クビイです」と、女性要員。

「ハロー、エリヤ！　どうした？」

「なにがです？」クビイはびっくりしたように訊き返した。

ブルは一瞬、目を閉じてから、親しげな笑みを浮かべ、

「わかりにくい表現だったら申しわけない」「なにか報告する内容があるかね？」

クビイはブルを……つまりそのホログラム・プロジェクションを……考えこむように見つめ、こういった。

「地球近傍宙域に配備されたロボット監視装置が、ある重力現象を探知したそうです。いまのところ正体不明ですが、精密調査用の装備を積んだ測量船をただちにスタートさせました。二分後に結果が出ます」

「ごくろう！　すぐそちらへ向かう」

ブルは友たちを振り返り、

「聞いたとおり、分析評価センターに呼びだされた。ああ、またヴィデオ・スクリーンが一ダースほど明滅している！　すまんが、あとは諸君でたのむ。では、のちほど！」

しばらくこの場からはなれられるのがありがたい。いずれにせよ、さっきの誤解や揚げ足とりについては、これ以上なにもできないことで合意した。そんな話題にとりくむなど、どだい不可能だから。

会議室を出て、搬送ベルトに跳び乗る。目的地方向のはずだ……とにかくいままで、思いだせるかぎりではそうだった。ところが、今回はちがった。搬送ベルト二本の行き

先が逆になっている。

「もうこりごりだ！」ブルはそうひとりごち、ベルトを乗り換えた。

これらの出来ごとはすべて、のちに起きる雪崩《なだれ》の前ぶれにほかならなかった。だがこのとき、ブルはそれを知るよしもない……

# 4

コミュニケーション・センターを飛びだしたラッセル・ドマシェクは、その場に立ちつくした。

どこでチュトンを探せばいいのだろう。あの不気味な男はペリー・ローダンと話したいといっていた。つまり、ローダンが地球にも太陽系にもいないことを知らないわけだ。でも、それは関係ない。どっちにしても、ローダンの代行レジナルド・ブルがいるハンザ司令部に行こうとするはず。

もしチュトンがすでに向かっていれば、おそらく追いつけないだろうが、かれはテラニアの地理に明るくないようだった。そもそもテラじたいをよく知らないらしい。ひょっとしたら、まだこのあたりで迷っているかもしれない。だれかに助けをもとめているかも。

思わず苦笑する。怪物フランケンシュタインの目を彷彿《ほうふつ》させるあの異人のことを、まるで気弱な迷い人と思っているみたいだから。もしチュトンが助けをもとめたりしたら、とっくに治安維持局に捕まっているだろう。

　そこで、はっとした。

　からだが煙みたいに突きぬけてしまう男を、どうやって捕まえるんだ？　おまけに、あいつは姿を見えなくすることもできるんじゃないか？　そう考えなければ、クレスト公園の保安員が発見できなかった理由は説明つかない。わたしが逃げだしたあと治安部隊が到着するまでの短い時間に、あれほどひろい敷地を抜けだせるはずはないから。

　ただし、テレポーテーションしたというなら、話はべつだが……！

　いや、それは明らかに考えすぎだろう。わたしの知るかぎり、ミュータントが持つ超能力は一種類のみか、せいぜい関連性のある二種類くらいのもの。多彩なパラプシ力を発揮するグッキーみたいな者はほかにいない。そのグッキーだって生来のミュータントではないし。

　そう考えたら、よそを探すのもクレスト公園を探すのも同じだ。ひょっとするとチュトンは公園のどこかにかくれているかもしれない。こちらがもどるのを待っているとも考えられる。たぶん、わたしとしか話ができないのだ。理由は不明だが。そもそも、あれほど奇妙な生命体と意思疎通できる人間が、わたしのほかにいるはずはない。職業柄、一ダースを超える種類の地球外種族を担当し、思いやりと理解をもって異なるメンタリティにうまく合わせ、かれらのあいだに生じる誤解や争いごとを平和的に解決し、ガーナルでの共同生活に調和をもたらしているのだから。

ドマシェクは思わず、すっくと背をのばした。

よく考えたら、自分はすごいことをやってきたんじゃないか。もっとお上《かみ》から褒《ほ》められてもよさそうなもんだ。ヘルツィナだって、もうすこし尊敬の念を見せてくれたらいいのに。

そこで考えごとは脇に押しやられた。近くで大きな音がしたのだ。

驚いて見まわすと、コミュニケーション・センターがあるティーパ・リオルダン通りでタクシー・グライダー二機が衝突していた。歩行者たちが立ちどまり、信じられないという顔で見つめている。

たしかに信じがたい。タクシー・グライダーのコンピュータは、ほかの乗り物もそうだが、つねにポジトロン交通システムが管理している。そのおかげで事故発生の確率は〇パーセントだ。個人操縦の乗り物が行きかう人里はなれた地域でなら考えられなくもないが、都市部で事故などありえない。

それが、発生したのである。

この手の出来ごとがさらに起きるかもしれないと、心理学者は感じた。飲料供給装置が誤作動したときから、すでにその予感はあった気がする。だからこそ、チュトンを探しているのだ。人類にどんな凶事が降りかかるのか、あの男なら知っていそうだから。

早く見つけないと！

そして、かれをハンザ司令部に連れていくのだ！

ドマシェクはもよりの搬送ベルトに跳び乗ろうとした。だが、作動しない。動いているベルトはあたりに一本もなかった。操作コンピュータが故障したか、プログラミングどおりに機能しないのだろう。

ティーパ・リオルダン通りに沿って、アンソン・アーガイリス広場まで行った。そこからカラク通りへ曲がったところで、貨物グライダー一機が蛇行しながら道路のわずか数センチメートル上まで降下してきた。ドマシェクはあやうく巻きこまれそうになり、最後の瞬間に銀行の玄関アルコーヴに退避する。

驚いて逃げまどう多くの歩行者の悲鳴と、なにかが激突し、ものが割れる音を聞いて、膝から力が抜けた。通りにもどってみると、グライダーは〝ステファン・バーガーと息子たち〟というワイン店のショーウィンドウに半分突っこんでいた。ブルー族がひとり、店の壁によりかかり、全身をわなわな震わせている。足もとにはワインの瓶が粉々になり、赤い水たまりができていた。それがレルレイ・ニュトリュンだと気づいてドマシェクは一瞬、いい気味だとにんまりしたが、やがて状況の深刻さに思いいたる。

先を急いだ。近くで衝突音が何度も聞こえ、あらゆる方向からサイレンが響いてきた。本来ならこんな状況では全面的に通行止めのはずだが、中央交通システムのコンピュータが明らかにそうできない状態にあるらしい。

ドマシェクはできるかぎり建物の壁にくっついて進みながら、車線上を浮遊する無数のグライダーのほうをたえずうかがった。いつ道をはずれてこちらに向かってくるかわからない。タイミングを見きわめなくては。

歩行者の多くは地球外生命体だ。自分と同じようなことを考えたらしく、建物のファサードへと押しよせてくる。ドマシェクは屈強な者から何度も乱暴に押しのけられた。ある超重族など、こちらを危険な方向へ押しやろうとさえした。

カラク通りとスフィンクス並木道の交差点にくると、三十機を超えるグライダーが、たがいに楔《くさび》を打ちこんだように絡まりもつれているのが見えた。なかから悲鳴や抗議の声が聞こえてくる。血を流した乗客たちがキャノピーから這いでようとしたところへ、またべつのグライダーが数秒おきに突っこんでくる。保安員五人が懸命に負傷者を救出しようとするが、結局だめで、自分たちの身を守るのに必死になっていた。

五百名ほどいる歩行者たちは建物の壁ぎわに立ちつくし、衝突音がするたび、伴奏をつけるごとく大声をあげた。もつれたなかのグライダーが一機はじき飛ばされ、スプリンガー二名とウニト人五名が立っていた建物の壁に側面から激突する。それを見たドマシェクは胸が悪くなり、嘔吐してしまった。やがて青白い顔のまま、歩きはじめる。内心、震えていた。

スフィンクス並木道の終点に公園の出入口が見えたときは、ほっとした。だが同時に、チュトンが見つかることはまったく期待できないとも思う。クレスト公園は広大だ。人工の山に深い森、テラス・レストランだって無数にある。何時間かかっても探す相手に行き合うことはないだろう。

それでも、どこかを手がかりにして捜索をはじめるしかない。

＊

公園内が無人なのはさいわいだった。もしだれかいたら、じろじろ見られただろう。不審の目を向けられたかもしれない。上着は汚れて破れ、靴は泥だらけ。その姿であえぎつつ、草むらや花壇のなかをよろめき歩いているのだから。

それももう、どうでもいい。持てる意志力を総動員して前進あるのみだ。ラッセル・ドマシェクはおのれの怠惰を呪った。スポーツはおろか、長い距離を歩いたことすらない。これまでにどうにか実行できたものといえば、寝室に設置した空気清浄機の前で数日おきの早朝にやるいいかげんな呼吸法だけだ。

顔にあらたな擦り傷とミミズ腫れをつくって低木の茂みを通りぬけたところで、柱のような形状のインフォ・ロボットにぶつかった。公園内のいたる場所に設置されているそのロボットにドマシェクは抱きつき、ずるずるとくずおれた。

耳鳴りがして、目はちらつく。鼓動はどくどくと耳に響く。心臓が破裂してしまうんじゃないか。いや、その前に脳卒中で死ぬだろう。頭が割れるようだ。

「助けて！」どうにか息をととのえ、必死にいう。

「あなたはだれですか？」ロボットはたずねた。

「だれだっていいだろう。医師を呼んでくれ。さもないと、心筋梗塞と脳卒中と肺破裂とこむら返りで死んでしまう」

「もよりの自動キオスクはここからまっすぐ四百メートル行ったところです。近距離転送機も完備しています」

ドマシェクは息を切らしながら、柱に沿って自分のからだを引きあげた。

「医師を呼べといってるんだ。レモネードが飲みたいんじゃない！」

「クレスト公園はテラニアでもっとも美しい場所です」ロボットはつづけた。「自然の造形を模してつくられました。なかでもすばらしいのは十七カ所あるビオトープ、ビオトープ、ビオトープ、ビオトープ……」

「ぽんこつ！」ドマシェクはあえぎ、柱からはなれた。「なにもかも、ぽんこつだ！」

自己憐憫《れんびん》の涙がにじんできて、よろめいた、そのとき。

〈やっときたな！〉と、意識のなかに〝声〟がとどいた。〈なぜこんなに遅くなったのだ、ラッセル？〉

「チュトン！」ドマシェクはささやいた。もう失神寸前だ。

振り向いたとたん、倒れそうになる。支えをもとめて両手を伸ばし、不気味な目をした男に向かってよろめき進んだ。

「しっかりしろ！」と、チュトン。

そういわれても、もう足がいうことをきかない。さらによろめき、異人のほうへ倒れこんだ。

その瞬間、からだの奥深くが外側へ引っくり返ったような感覚をおぼえた。なにも見えず、なにも聞こえず、ただあえぐ。底知れない深淵に墜落していくようだ。

気がついたときは、湿った草地に顔をうずめていた。あたりでコオロギが鳴き、鳥がさえずっている。汗にぬれた髪に陽光が暖かく降りそそぐ。

おそるおそる頭をあげ、まばたきした。

まだクレスト公園のなかだ。

のろのろと周囲を見まわしてみる。

チュトンが悲愴な感じでこちらを見おろしていた。

「まさか異宇宙にいるんじゃ……」ドマシェクは言葉を詰まらせ、「あんた、だれ？」

「チュトンだ」異人は答えた。

「一瞬、影かと思った。でも、そんなはずはない。もしあんたが影なら、影をつくる実体はどこなんだ。時空の深淵のかなたにいるんでもないかぎり……」

「立て！」

きびしくいわれてやっとの思いで起きあがると、

「なぜわたしを待っていた？」と、訊いた。「待っていたんだろう。ちがうか？」

「わたしは、ここへきて最初に出会った知性体であるきみに〝刻印されて〟いる。きみはいわば、わたしがこの世界で行動するための関連ポイントなのだ。いずれにせよ、しばらくのあいだだが。ペリー・ローダンのところへ連れていってくれ！　ずいぶん時間をむだにしてしまった」

ドマシェクは黒い眼球を、その中心で光り輝く悪魔のような白い瞳を、じっと見据えた。怖気《おぞけ》がはしる。

「地球になにが起こったんだ？　言葉が意味を失っている。人間の言葉だけじゃない、コンピュータ言語も」

「バベル・シンドロームだ」チュトンは答えた。「これからもっとひどくなるぞ。ペリー・ローダンはどこにいる？」

「いまは地球にいない。話のできる相手がいるとすれば、ローダンの代行レジナルド・ブルだろう」

そういったあと、鈍い轟音《ごうおん》を聞いてびくりとした。見ると、ガーナル上空に爆発のキノコ雲が湧いている。

「道を教える。ハンザ司令部への行き方を紙に書くよ」と、ドマシェクはつづけた。

「そんなもの、役にたたない」チュトンは応じ、「きみがわたしを連れていくのだ。さっさと歩け！」

＊

クレスト像を通りすぎたところで、派手な赤の大型グライダーが上空を横切り、エルトルス並木道の方角に向かった。スピーカーからなにやら声がとどろく。

ラッセル・ドマシェクは集中して聞きとろうと立ちどまった。なにかいっているのはわかるが、言葉が意味をなさないのだ。

グライダー側面に文字が見えた。〝特務〟と読めた気がする。まだなにか書いてあるが、文字が躍っているようで、つなぎ合わせることができない。そのうち機体は遠ざかった。

冷たい恐怖が体内に満ちていく。両脚が氷になったかのようだ。

かれはチュトンを振り返り、

「死装束《しにしようぞく》が！」と、ヒステリックに叫んだ。「見えない死装束が地球上にひろがっていく！」

「いいから歩け！」チュトンは容赦なく命じた。

ドマシェクはしたがう。

立ちどまることはせず、からだだけ振り向いた。不気味な男はうしろから漂ってついてくるものと思ったが、まったくふつうの人間みたいに歩いている。それを見て、なぜか心理学者は心がなぐさめられ、すこしだけ勇気が湧いた。

それほどひどい状況にならないかもしれない。多少の言語混乱とグライダーの衝突事故くらいで、高度現代文明がめちゃくちゃになるはずはない。きっとそのうち修正される。どうにもならなくなれば、ネーサンが介入するだろう。

しかし、公園を抜けてエルトルス並木道に出たときには、勇気のレベルはゼロまで落ちこんだ。

いたるところでグライダーが衝突したり、建物の壁にぶつかったりして動かなくなっている。そのあいだを縫って、地球外生命体やテラナーが生ける屍《しかばね》のごとくうろついていた。みな苦虫を嚙みつぶしたように黙って足を引きずり、目の焦点も定まらない。

どこかの家からウニト人が七名出てきた。大人二名と年齢もさまざまな子供たち五名がそれぞれトランクや鞄を持ち、大きな荷物を背中にくくりつけている。道路に出て列になると、町の境界に向かって急ぎ去った。

おそらく、家のエレクトロン設備が誤作動をはじめたため、あわてて外に飛びだしたのだろう。どこか戸外でキャンプするつもりらしい。

アクトロン・ムスポエルン通りとジョアキン・カスカル通りの交差点では、絡まり合った複数のグライダーの残骸をオクストーン人四名が切り開き、うろたえる乗員を救出していた。流血している者もいる。一アラスが応急処置をほどこしている。

すこし先では治安維持ロボットが、明らかに脱走したと思われる家事ロボット三体と戦っていた。その触手アームをロボット用の手錠で縛ろうとするのだが、一体を相手にするたび、すばやく逃げられてしまう。仲間の二体が援護に出て、うなりをあげてぶつかってきたり、脂のようなもので視覚リングのセンサーをふさいだりするからだ。

ある家の玄関前の階段では赤毛のスプリンガー三名がすわりこみ、ラム酒の瓶をまわし飲みしていた。すでに空の瓶があと二本、足もとに転がっている。三名はろれつのまわらない口でなにかいい、血走ったうつろな目をあたりに向けた。

そのひとりが、そばを通りすぎようとしたチュトンのほうに脚を突きだした。だが、不気味な男がつまずくことはない。スプリンガーはののしり文句を発し、空き瓶を投げつける。ドマシェクが見ていると、瓶はチュトンのからだにとどいたあと、ほんの一瞬見えなくなってから、反対側に出てきて道路に落ち、粉々になった。

スプリンガーは立ちあがり、目をむいてチュトンを凝視すると、またすわりこんだ。顔の前で両手を打ち合わせ、あたりはばからず泣きだす。

やがて、ドマシェクとチュトンはシガ星人地区にやってきた。地区といっても、ただ塀をめぐらした公園内に中くらいの大きさのアパート一棟が建っているだけだ。そこの眺めはとりわけ気持ち悪いものだった。住民の世話をするちいさなシガ製ロボットが換気口からうじゃうじゃ這いでて大小の塊りとなり、建物の壁にぶらさがっている。

アパートの中央付近の階で爆発が起こり、窓が吹き飛ばされた。そこの住人が、黒く焦《こ》げてぎざぎざになった窓の割れ目からプラスティック布を垂らしている。シガ星人にとっては巨大なその布に、たどたどしい文字が赤い色で書かれていた。〝カンヴォル・イペーン・オオル・ケイヌム〟と読める。

たぶん〝助けて〟といいたいのだろうが、解読できない。シガ星人のほうもそれ以上に意味のあることは書けなかったのだ。このときの無力感は、それまででいちばんドマシェクを絶望させた。

二百メートルほど進み、アーチスト・クイーン通りとインターソラー通りの交差点にさしかかったとき、ドマシェクはバベル・シンドロームのあらたな面を知らされることになる。

最初に目に入ったのは、歩道に横たわる死者の姿だった。動かない搬送ベルトの上に砕かれた頭部がある。ヒューマノイドだが、既知銀河のどの種族に属する者かはわからない。

どこか高いところから墜落したのだろうか。そう思ったすぐのち、ドマシェクは頭に焼けるような痛みをおぼえた。同時に、なにかが右のほうから飛んできておもちゃ屋のグラシット製ショーウィンドウを穿《うが》ち、大きな破裂音がした。

あっけにとられて立ちすくみ、粉々になったグラシットに目をやったあと、自分の頭に触れてみた。けがはないが、髪の毛がすこし焼け焦げている。

〈的になるつもりか、まぬけ！〉チュトンの〝メンタル声〟が聞こえてきた。〈早く防御しろ！〉

ドマシェクは当惑したまま、もたもたと歩道に伏せる。その緩慢な動作がさいわいした。一瞬のち、ななめ前にある家の玄関付近で……戦闘場面をヴィデオでしか見たことのない人間がまさに掩体《えんたい》を探しそうな場所だ……さらに二回、破裂音がしたのである。なにが起きたのか、ようやくわかった。どこかの建物内にいる狂人が、目にした歩行者に手当たりしだい発砲しているのだ。その弾がさっき見たヒューマノイドに命中し、頭を砕いたのだろう。自分も間一髪だった。

跳びあがり、一目散に走りだした。叫びたかったが、喉が絞めつけられたようで声が出ない。ふたたび破裂音がした。こんどは弾が遷音速でかすめる鋭い音も聞こえる。やみくもにひたすら走った。パニックに駆られてまともに考えられない。機能停止した治安維持ロボットにぶつかり、どっと倒れた。

太股《ふともも》の内側を生温かい液体が流れていくのがわかる。ドマシェクは人間の尊厳を奪われ、みじめな気分に沈んだ。ふたたび思考が働きはじめたとき、不思議な気がした。なぜ自分はまだ生きているのか。

チュトンが道路のまんなかをジグザグに進んでいるのを見て、納得がいった。衝突したグライダーの残骸をよじのぼってこえている。指ほどの太さの銃弾が何度も命中するが、破裂音が生じるのは異人の背後である。

不気味な男は、わざと自分を狙わせることでこちらの命を救ったのだ。かたちある物質でできた肉体がないため、弾が当たっても損傷はないから。

ドマシェクは当惑して額にしわをよせた。

なんでチュトンはわざわざグライダーによじのぼるんだろう？

だが、すぐに気づいた。異人はつねに障害物をのぼってこえているわけではない。なんらかの理由で通常のやり方が気にいらないときは、〝通りぬけて〟いる。ぐちゃぐちゃになった一グライダーのそばにきたとき、姿が消えたと思うと、反対側にまたあらわれた……メタルプラスティック外被の壊れていないほうから。

死を呼ぶスナイパーが攻撃をやめた。おそらく弾がつきたのだろう。するとチュトンはドマシェクのほうへやってきて、こういった。

「銃で狙われているときにこれほどおろかな行動に出るテラナーがいるとは、夢にも思わなかった。さっさと立って、前に進め！　それから、どこかで乗り物が手に入らないか考えろ！　まさか、レジナルド・ブルのいるハンザ司令部に徒歩で行けると思っているわけじゃないだろう」

# 5

分析評価センターはいつになく混乱していた。要員たちがはげしい身ぶりをまじえて声高《こわだか》に会話したり、ヴィデオ・スクリーンの通信相手とたがいに理解できない議論をたたかわせたりしている。

レジナルド・ブルはそれに目もくれず、エリヤ・クビイを探した。ーハイパーカム装置のところにいるのを見つけ、そこへ向かう。

「ハロー！　測量船から連絡は？」

クビイは振り向くと、思案げにこちらを見つめて、口を開いた。

「だけど、あなたは、だれが、どこへ？」

そう聞こえたが、定かではない。言葉がまったく意味をなさないので。

「測量船だ」と、ブル。「測量船。ハイパーカム」

女は理解したらしく、顔を輝かせてうなずくと、ハイパーカム装置のスイッチをいくつか操作する。すぐにスクリーンが明るくなった。

ライトグリーンのコンビネーションを着た男の上半身があらわれた。細面《ほそおもて》で、明るいブロンドの髪は汗まみれだ。

「なんでしょう?」と、淡いブルーの目をこすりながら応じる。

「そちらは測量船か?」ブルは気を張っていった。「名乗ってもらおう!」

「了解」男はつらそうに答えた。「測量イクス、クダント、パシュです」

相手がこんな無意味な言葉を発したはずはない! わたしの理性がうまく働いていないのだ! ブルはそう思い、怒りをおぼえた。

人間ばなれした集中力を動員し、必死に耳をかたむける。絶望に駆られるなか、言葉がどんどん理解困難になる原因はひょっとしてエネルギー・フィールドにあるのではと推測していた。それがフィルターとなり、音を構成する周波の一部をのみこんでしまうのではないか。もしかしたら、地球近傍で観測されたという重力現象が関係しているかもしれないし、そうでないかもしれない。いずれにせよ、原因を突きとめて解決策を探すことが最重要課題だ。

もしも打つ手がなく、この現象がさらにつづいたらどうなるか……

それ以上は考えまいとする。

急に相手の言葉がよりよく理解できるようになった。

「脈動する重力エネルギー凝集体が一定の間隔で……アイウェン・ヴァーケンがいうに

はハミラー・ポイントとメタグラヴ・セルケントゥンの中間……しばらくモムセン、べつの場所に……ウクルウズも観測され……災厄が……フルン、フルン、メーデー、メーデー……！」

沈黙。

「通信が切れました」エリヤ・クビイが告げた。

ブルはうなずき、唇を嚙んで考えこんだ。測量船船長の報告をすべては理解できないが、すこしでも意味をくみとろうとする。

おそらく地球近傍に、一定間隔で脈動する重力エネルギーの凝集体が生じたのだ。測量したところ、ハミラー・ポイントとメタグラヴ・ヴォーテックスの中間物のようなものらしい。しばらくすると消え、またべつの場所にあらわれるのだろう。

〝災厄〟という語から、船長が地球に迫る脅威を恐れていたことがうかがえる。〝メーデー〟にいたっては疑問の余地がない。測量船はこの重力現象にとらえられ、異宇宙あるいはハイパー空間のようなところに飛ばされたにちがいない。

これがコミュニケーション障害の原因ではないだろうが、因果関係はあるかもしれない。

もちろん、すべては自然宇宙の影響力によるものだとする意見もあるだろう。だが、ブルはそうは思わなかった。きっとヴィシュナが絡んでいるはずだ。

アームバンド・テレカムを作動させた。ゆっくりと、明瞭な発音を心がけて話す。

「こちら、レジナルド・ブル。ハンザ司令部の防衛センターに告ぐ！　すべての建物にパラトロン・バリアを展開し、外的影響を遮断せよ。ハンザ警報発令！　くりかえす。ハンザ警報発令！」

サイレンが鳴りひびいたとき、ほっとした。防衛センターがこちらの言葉を理解したということ。

音がやむと、ふたたびテレカムを通じて語った。

「全館放送で流してもらいたい。レジナルド・ブルからハンザ司令部の全要員へ！　言語全般に関する混乱の原因はエネルギー・フィールドと考えられる。それが一種のフィルターとなり、人が発する音の周波を一部、吸収するのだ。

全員、相手の言葉を集中して聞くこと！　すこしは役だつだろう。ジェスチャーや手話、筆談も使うといい！　ハンザ司令部が行動不能にされてはならない。防衛センターからまた連絡する。レジナルド・ブル、以上！」

通信を切り、周囲を見まわした。

分析評価センターの男女要員はだれひとり、いまの話を理解できなかったらしい。幽霊でも目にしたようにこちらを見ている。

ブルは唇を引き結び、部屋を飛びだした。

通廊でも不快な驚きが待っていた。搬送ベルトがとまっている。

会議室での自動供給装置の誤作動が無意識に頭に浮かんだ。搬送ベルトが停止したことで、あの出来ごとにあらたな光が当たった気がする。

言語混乱はコンピュータ・システムにも襲いかかったのだ。音を構成する周波がフィルタリングされたことが原因ではない。いずれにせよ、それだけじゃあるまい。

だが、その結果は人間どうしの意思疎通障害よりはるかに深刻だ。地球ではすべてがコンピュータ化されている。カタストロフィになるだろう。

かたわらを急いで過ぎる者たちの顔を見つめた。恐怖と不安がにじみでているが、まだ知性はたもたれている。しかし、言葉がわからず孤立してしまうなら、知性がなんの役にたつのだ？　テラナーの文明は協働作業でなりたっている。それは相互理解がなければできない。

*

いつもの習慣で、もよりの転送ステーションに急ぐ。ハンザ司令部の規模からすれば、搬送ベルトや反重力リフト、パイプ軌道列車や転送機を使って移動するのは当然だった。制御ステーションや各自のオフィスや周辺施設間の実際の距離など、想像もしなくなっている。ブルでさえ、防衛センターが分析評価センターから見てどの方向にあるか、正確には知らない。

　それでも、途中で反重力リフトの双方向乗り場を通りすぎたさい、扉が封鎖され警告板が赤く光っているのを見て、カタストロフィの規模を過小評価していたと思い知らされた。さいわい、こうした技術設備は保安処置が徹底しているので、故障しても命の危険にさらされることはないが。

　転送ステーションの扉が開いた。ブルは安堵の息をつく。とりあえず、転送機はまだ動いているようだ。

「防衛センターへ！」IDカードを提示したのち、操作ポジトロニクスに告げた。

「お待ちください！」ポジトロニクスの回答だ。「現在、受け入れ状態です」

　ブルはうなずき、転送機のほうにからだを向ける。ちょうどいま、エネルギー・グリッドが光りはじめた。

　光が消えたとき、そこにあるものを見て、あまりのショックに膝からくずおれた。非実体化・再実体化フロアの上に、グロテスクに変形したふたつのからだが横たわっていたのである。これがかつて人間の姿だったとは思えない。

　われに返ると、操作ポジトロニクスのそばの赤い警報ボタンにこぶしを打ちつけた。

「全転送機、封鎖！」フィールド・マイクロフォンのエネルギー・リングに向かって叫ぶ。「医療ロボットを二体、至急よこせ！」

とほうにくれ、青い顔でロボットの到着を待つ。犠牲者二名を医療ロボットにまかせたのち、その場をよろめき去った。

あとすこし転送ステーションにくるのが早かったら、自分もかれらのように変形していたのだと考えずにはいられない。恐ろしい運命だ。医療技術ではどうにもなるまい。

「ヴィシュナめ！」と、吐き捨てる。それは呪い文句のように響いた。

どうやって防衛センターへ行ったのか、あとから考えても説明できない。もちろん、通廊分岐のいたるところに標識や方向をしめす矢印はあるが、それを正しく解釈するのがこのうえなく困難で、無数にある非常階段を使うはめになったのである。

防衛センターには三十人ほど要員がいて、規律正しく行動していた。手話を用いた最低限の意思疎通ができている。それでも、防衛センターの全業務を遂行することはとてもかなわない。

そのため、ハンザ司令部にパラトロン・バリアを張るのもまだ完了していなかった。所定の操作をしてもプロジェクターが反応しないのだ。情報フィードバックが機能しないせいで、理由は特定できない。

ブルは防衛センター長のもとへ向かった。グレイの髪をした百七十五歳の大男で、五十年近く一艦隊の司令官に任命されていた。名をタグナン・グボールという。

「外部監視ステーションからの報告はどうなっている、タグナン？」ブルは身ぶりをまじえて質問。

グボールの答えもジェスチャーを見てようやく理解できた。

「ジレンマです」と、いったようだ。「異物体は探知されないものの、いわゆるシグマ・チェーンと防衛センター間の通信も中断しそうで。シグマ・チェーンはソルからもっとも遠い前哨警告システムの自動監視ステーションですが、時空構造がますます不安定になっています」

不安定の原因は不明だが、未来マークスのバリアが影響をおよぼしているのかもしれない。

太陽系にあるほかの監視ステーション、オミクロンとカッパの両チェーンはまったく平穏だという。防衛センターの要員が報告を理解するのに苦労している点をのぞけば、通信も問題なくできるそうだ。

これに対し、ゼータ・チェーンからの通信は十五分前に完全にとだえたらしい。監視ステーションにはなんの原因もないため、地球近傍にあらわれた重力現象のせいだと推測するしかない。このあいだにテラからさらに二隻の測量船がスタートしたのだが、どちらからも連絡がないという。

ブルはグボールに礼を述べ、これからどうすべきか考えた。

言語混乱や一部のコンピュータ・システムの不具合がどれほど深刻であっても、それじたいが攻撃を意味するわけではない。ひょっとしたら、地球の防衛システムを疲弊させるのが目的か。ヴィシュナはこれまでクロングとパルスフを投入しようとして失敗しているから。しかし、協力者なしでは、こちらに一時的な障害しかあたえられないはずだ。

そこへ、ガルブレイス・デイトンが大あわてでやってくるのが見えた。

その顔には深い懸念が刻まれている。

感情エンジニアがなにかいった。両手で球のかたちをつくり、上方をさししめす。それから、自分の額とブルの口を指さした。

「ネーサンと話をしろというのだな！」と、ブル。

デイトンは肯定するように両手をひろげ、つづけて言葉を発した。それだけでは理解できなかったが、身ぶりを見てわかった。ハンザ司令部の外でコンピュータ・ネットワークが次々にエラーを起こし、カオスが生じているらしい。

ブルはうなずいた。

この状況で、ルナのインポトロニクスは唯一の希望だ。ネーサンならコンピュータ・ネットワークに直接介入し、エラーを修復できるだろう。一時的に人間の指揮権を引きつぎ、その受託者として文明をつかさどるかもしれない。

ようやくなにかが決定すると思うと、心が軽くなった。なぜ自身でそれを思いつかなかったのだろう。短時間にあまりに多くのことがのしかかったせいだと、みずからにいいきかせる。

防衛センターを出て、一通信センターにおもむいた。そこでは権限を持つ者だけがネーサンと直接、防音室でコンタクトをとれる。

権限なき者がインポトロニクスに話しかけたり命令したりしないよう、保安処置がいくつかある。各人で異なる細胞核放射パターンの測定もそのひとつだ。

測定は入室後すぐにおこなわれ、ただちに反応がある。測定した細胞核放射とネーサンが記憶している個人パターンの照合は、一ナノ秒で完了するから。

ところが、このときはいつもとちがった。

ブルは拘束フィールドにとらえられ、よろめいた。不可視のエネルギー・ラインが絡みついて身動きとれない。

「身元確認、ネガティヴ」ネーサンの声だ。「あなたはレジナルド・ブルではありません」

「そんなわけないだろう！」ブルは抗議した。「測定機のコンピュータがいかれてるんだ。わたしはレジナルド・ブルだ」

「測定データは明瞭です」ネーサンが反論する。「当然ながら、比較照合はコンピュータの不具合を特定すべく、あるいはそれを除去すべく実施されます。監視ロボットを呼びますので、身元確認ラボへ行ってください」

冷や汗が出た。監視ロボットがどうやって身元確認ラボに自分を連れていくか、すべてプログラミングどおりだから知っている。転送機を使うのだ。

「転送機はまともに作動していない。使えば恐ろしい事故が起こる」

「転送機事故については情報がいくつか入っています」と、インポトロニクス。「破壊工作でしょう。すべて複数の未知者による計画です。ハンザ司令部を乗っとり、偽の身分を騙《かた》る人物を使ってわたしを制御しようとしています」

ブルはかぶりを振ろうとしたが、拘束フィールドのせいでできなかった。

ネーサンの話には脈絡がない。誤作動したコンピュータによって、ハンザ司令部の状況に関する誤りの憶測を吹きこまれたのだろう。インポトロニクスじたいが正常に動いていることはたしかだ。そのとてつもないキャパシティからすれば、こんな混乱に影響されるはずはない。

「その情報はまちがっている」ブルは語りかけた。

「監視ロボット、反応なし」と、ネーサン。「どのロボットも反応しません。状況にかんがみ、わたしが直接介入して処分回路を起動します」

「わたしはレジナルド・ブルだといってるだろう！」やけくそでどなる。

「わたしが保証する」あとを追ってきたガルブレイス・デイトンが割りこんだ。

「さがれ！」ブルは叫んだ。「早く！　測定機はきみのことも認めないぞ」

「身元確認、ポジティヴ」ネーサンが反応した。「あなたはガルブレイス・デイトンです。しかし、レジナルド・ブルだと主張するこの人物は、レジナルド・ブルではありません。拘束され、処分されます」

「かれはレジナルド・ブルだ」と、デイトン。「測定機のコンピュータに不具合があって、まちがったデータが送られた」

「では、なぜあなたの場合は正しいデータが送られたのですか？」ネーサンが反論する。

「コンピュータは故障したわけじゃなく、未知の影響を受けている。永久的なものではないが、当面、テラ製コンピュータのデータは信頼しないことだ」

からだを締めつけていた拘束フィールドが消えるのがわかり、ブルはほっとした。おそるおそるドアのところまで後退すると、大きな声を出した。

「助けてもらいたい、ネーサン！　人々の言葉は混乱し、コンピュータ・ネットワークも障害を受けている」

「レペル、プルク。ドゥルム、ソガ、エラグナンツ」と、デイトンがいう。

「なんといった？」

感情エンジニアは自分の耳を指さし、かぶりを振ってから、すこし前まで光るフィールド・マイクロフォンが浮かんでいたあたりをさししめした。それを経由してネーサンに言葉がとどくのだが、マイクロフォンは消えている。

そういうことか。

ネーサンが接続を切ったのだ。何重にも入り組んだテラのコンピュータ・ネットワークに秩序をもたらすため、そちらにキャパシティを振り向けようとしたのか……あるいは、ネーサン自身も不具合をこうむっているのかもしれない。

いずれわかるだろう。

大きな期待はいだくまい。

それでも、ルナのインポトロニクスまでが混乱しているとは想像できなかった。命の危険に脅かされることなく、ふたたびコンタクトできたなら、なにか可能性が見つかるにちがいない。

しだいにブルのなかである計画がかたちをとりはじめた。おおいに期待できるいっぽう、思わず戦慄してしまうような計画が……

# 6

ラッセル・ドマシェクはロード・ツヴィーブス広場まできて足をとめた。向かい側に、極彩色に輝くドーム屋根を持つ宮殿のような建物が見える。〝クレイジー・ハプニング〟だ。

レルレイ・ニュトリュンの経営する幻想サロンである。

入ったことは一度もない。欲望のまま享楽に身をまかせる頽廃《たいはい》的な場所だと思うから。しかし、ソーシャルワーカーという職務上、どんな出し物を提供しているのか知っておくべきではないかという気もする。法外な代金を請求されるかもしれないが。

それに、あそこはおとぎの国だ。バベル・シンドロームに影響されずに動くマシンがあるかもしれない。輸送手段として使えるのではないか？

「なぜ立ちどまっている？」チュトンが隣りにきて訊いた。

「どこかで乗り物を手に入れろといっただろう」心理学者は答え、クレイジー・ハプニングをさししめして、「あそこをふたりで探せば見つかるかもしれない」

「〝ふたりで〟ではない」と、チュトン。「きみが探せ。わたしは出入口の前で待つ」

ドマシェクは肩をすくめた。

チュトンがきてもこなくても、べつにかまわない。いずれにせよ、当てになるまい。独自意識を持つとはいえ、この男はしょせん影にすぎないのだから。

自分は夢をみているのだろうか、と、ふたたび考える。影が、それをつくる実体なしに存在するなど、ありえないはずだが……

無理にそれ以上考えるのをやめた。頭が痛くなるだけだ。

ためらいつつ、歩きだす。ロード・ツヴィーブス広場の周辺には私用グライダーや貨物機の残骸がよせあつめてあった。そのまんなかに、残骸に縁どられたように穴がぽっかりあいている。なにかが爆発したにちがいない。溶けたプラスティックの異臭と胸の悪くなるような甘いにおいが混じり合い、胃が引っくり返りそうになる。

幻想サロンの正面玄関は開いていた。だが、四つあるロボット切符売り場のあいだは十字形の回転バーで通れなくしてある。

回転バーを押してみたが、動かないので、乗りこえることにした。ところが、向こう側におりたとたん、隣りの切符売りロボットから伸びてきた把握アームに捕まってしまう。

女の声に調整されたロボット音声が聞こえたが、ひと言も理解できない。たぶん入場料をはらえといったのだろうと推測し、ＩＤカードを探る。シャツの胸ポケットに入っていた。

シャツは汗まみれだったが、さいわい、ポジトロン部品が組みこまれたプラスティック製カードはまったくぬれていない。ドマシェクはカードをつまみだすと、ロボットの挿入口に滑りこませた。

柱形ロボットの内部でちりんと音がして、口座からの引き落とし額がインフォ・スクリーンに表示される。

一一二八二・四四ギャラクス。

ドマシェクは怒りで真っ赤になった。口座の全額が引き落とされている。

「詐欺だ！」どなりちらし、返却口に手を伸ばしてカードを探る。「金を返せ！　こんなぼったくりの店、入るもんか！　おい、わたしのカードはどこだ？」

また切符売りロボットがなにかいったが、やはり理解できない。返却口から灰白色の粉が出てきて、指にこぼれ落ちた。

泣きそうになる。

栄えあるデータがぜんぶ消えた。誕生日、出生地、住所氏名、遺伝子情報、血液型、学歴、取得資格、使用言語、細胞核放射、脳波パターン……その他もろもろ。すべてが、なんの価値もない白い粉と化してしまった。

絶望してチュトンのほうを見た。異人はどこか所在なさげに出入口前で立っている。だが、こちらにはまったく関心をしめさない。その不気味な目は永遠を見つめているようだ。

ロボットの把握アームがぐるりと回転し、ドマシェクは幻想サロンの方向に押しだされ、解放された。

とたんに円形プレートの上でつまずいた。プレートには足をのせるくぼみが二カ所あり、プラスティックの手すりが腹の前まで伸びている。その湾曲した先端を思わずつかむと、プレートがごとりと軽く揺れたのち、動きだした。音楽が鳴りだす。プレートは低速で透明なトンネルのなかへ入っていった。壁では色とりどりの光の乱舞が見られる。

「ただじゃおかんぞ、レルレイ！」われを忘れて叫んだ。「全財産を盗みやがって！訴えてやる！　ＩＤカードが粉々だ、くそぺてん師め！」

くすくす笑いが聞こえた。

プレートが前後に揺れるので、振り落とされないよう手すりにしっかりつかまる。目の前がふらついた。そういえば、きょうは合成プロテイン・ドリンク以外なにも口にしていない。

どこかでだれかがハープを奏でている。

プレートの揺れがとまった。ゆっくりと、アルファベットのOのかたちをした開口部に入っていく。その縁取りは、けばけばしい色の紅を塗った女の口を思わせた。

そこからはちいさな湖になっており、水音をたてながら進んでいった。ところどころにスイレンの花が浮かんでいる。湖のまんなかでプレートは静止した。

数メートル先で水中から人魚が二体あらわれ、ハープの音色に合わせてハミングしながら、悩ましげな視線を送ってきた。ドマシェクはぼろぼろに汚れた姿を恥じつつ、食い入るように人魚を見る。

やがて、思いいたった。なんと不条理な状況か。テラニアはいま未曾有の混乱に襲われている。人々はたがいの言葉を理解できず、コンピュータはまともに動かない……なのに、よりによってこの頽廃の館で、どうやらマシンが正常に作動しているとは。

見ると、人魚が歯をむきだした二匹のワニに変身した。脇目も振らずこちらに向かってくる。

手すりを揺すったが、プレートはその場を動かない。ワニの口が大きく開き、勢いよく閉じた。プレートの縁が嚙みつかれて砕ける。

「助けて！」ドマシェクは叫び、手すりをぎゅっとつかんだ。プレートが恐ろしい勢いで揺さぶられる。かれは泳げないのだ。泳げたところでどうにもならないだろうが。

水がプレートの上にかかり、靴にも入ってきた。

思わず身を震わせる。

落ちれば、たちまちワニの餌食《えじき》だ。身分を証明するIDカードはもうない。ラッセル・ドマシェクという人間がこの世にいたことを、だれがおぼえていてくれるのか？　ヘルツィナ！

いや、彼女の記憶からも自分は抹消されるだろう。それとも、ちがうのか？　ヘルツィナはわたしのために涙を流し、こんど製造するロボットにわたしの名前をつけてくれるだろうか……

そのとき、ちいさな羽を持つ半透明のロングドレス姿の天使がふたり舞いおりてきて、ドマシェクを腕にかかえた。

かれはますます必死で手すりにしがみつく。

身をゆだねたとたん、この天使がどんな化け物に変身するか、わかったものじゃない！

ワニたちが恐ろしげな頭をプレートにのせてきた。あと半メートル近づけば、足を食いちぎられてしまう。

ドマシェクは手すりをはなした。天使たちとともに深いブルーの空に向かって上昇する。見おろすと、下は緑濃い草原になっていた。半裸の豊満な女たちがしどけなく手脚をのばして横たわり、こちらに甘ったるい目を向ける。

ドマシェクは腹だたしげに目をそらし……啞然とした。

いつのまにか天使が、銀色マスクの黒いロボットに変わっていた。その鋼の手がかれの腕を万力のように強く締めつけてくる。

そんなことだと思った！　これほどサディスティックで悪魔的な出し物を考えつくなんて、いかにもあの強欲《ごうよく》なブルー族らしい。いつだって真実や知恵や災《わざわ》いの被造物に助けをもとめ、それに捧げるためにわたしの全財産をだましとったのだ！

「はなせったら！」ロボットに向かってどなりちらす。

ロボット二体とともに青空を飛んでいるさなか、からだじゅうがむずむずしたと思うと、次の瞬間〝ぽん〟と鈍い音がした。うなじを引っ張られるような痛みをおぼえる。やがて、足の下に床を感じた。床が振動していて、つまずきそうになる。痛みはしだいにおさまった。

ようやく振動がとまる。

ドマシェクは立ちすくみ、周囲を見まわした。

ドームのようなホールにいた。壁のいたるところに出入口があり、その向こうでは赤にオレンジ、黄色にグリーン、青やむらさきの霧が渦巻いている。気がつくとロボット二体は消えていた。

ドマシェクは右手で目をこすった……いや、こすろうとしたが、目の高さにあげた手を驚いて凝視することになった。金属でできているように見える。

ロボットの手だ！

喉からむせび泣きがもれる。なにが起こったか、ようやくわかった。ロボット二体とともに転送フィールドに飛ばされたのだ。転送機ポジトロニクスの障害で、再実体化のさい、分子構造があるべきかたちに配置されなかったらしい。そのため、ロボットの右手がくっついてしまったのだ。ロボットにはいまごろ人間の手がついているだろう。泣きながら、人間の左手でロボットの右手をそっとなでてみる。右手はまったく動かない。

そこに大きなゴングの音が鳴りひびき、はっとした。

グリーンの霧に満たされた出入口から、侏儒《しゅじゅ》のような男がホールに入ってくる。白肌のヒューマノイドだ。身長百二十センチメートルほどだが、ものすごく肩幅がひろい。褐色の革スカートに赤いTシャツといういでたちで、肩の筋肉が力強く盛りあがっている。足もとは褐色の編みあげサンダル。左手にちいさな円盾、右手に短刀の柄を握り、頭を剃りあげている。

「おまえが戦いぬけば、死を六回味わえるぞ！」侏儒はあざけるように赤い目をぎらぎらさせた。「まずはわたしが最初の死を授けよう！」

＊

「やめてくれ！　喧嘩はよそう！」ラッセル・ドマシェクは叫んだ。

しかし、相手は盾を左肩前にかかげ、短刀をかまえて仮借なく向かってくる。ドマシェクは背中が壁にぶつかるまであとずさった。必死に逃げ道を探すが、見あたらない。両隣りの出入口はあまりに遠いし、そっちへ走れば相手に背中を見せることになる……肩甲骨のどまんなかを冷たい鋼の刀でぐさりとやられる場面を思い描くと、その場から動けなかった。

侏儒が近づき、刀を振りおろす。ドマシェクは悲鳴をあげ、その刃を右手でつかんだ。刃はもろい木でできているかのように、ロボットの金属の手に握りつぶされた。

相手は茫然として、柄だけになった短刀を手から落とす。その頭にドマシェクはロボットのこぶしをお見舞いした。侏儒は声もなく床に倒れた。

ドマシェクは背中を壁につけた状態で右方向へ進み、知らないうちに次の出入口にきていた。うしろ向きのまま、もうもうたる黄色い霧のなかへ転がりこんだ。

あらたな危険を恐れて勢いよく立ちあがると、黄色い霧を突いて、出入口があるはずの方向に両手を伸ばす。

いきなり霧が晴れ、青い光が見えた。目の前にあるのは青い恒星に照らされた未知の風景だ。輝くクリスタルの丘のあいだを、色の抜けた骨のように白くなめらかな石でできた小道がくねくねとはしっている。クリスタルの丘にうつる色とりどりの光の乱舞が、小道の色を絶え間なく変化させていた。

ドマシェクはあっけにとられて周囲を見わたした。

これは地球の風景ではない。異恒星のもとにある未知惑星だ。転送機でどこか遠くの惑星に送られたのだ。

それとも、すべてはクレイジー・ハプニングが提供する幻なのか?

目をしばたたく。

光の反射に眩惑されて、よく見えない。

かがみこみ、ロボットの手でクリスタルをひとかけら欠きとった。その上にもう片方の手をかざしてみる。色とりどりの反射は消え、クリスタルが白い炎のような輝きを見せた。

ダイヤモンドだ!

ドマシェクは狂ったように笑い、次から次へとダイヤモンドをつかんでは上着のポケットに押しこんだ。レルレイ・ニュトリュンめ、人の金を絞りとった罰さ。

その構造物を発見したのは、ポケットの重みで肩がさがったときのことだ。

それは三百メートルほどはなれた場所に、かたむいた状態で地面から突きでていた。かたちは卵のようで、色は黒。卵の下部、尖ってないほうの三分の一はダイヤモンドのなかに埋まっていた。こちらに向いた側に四角い開口部があり、その奥では、点のように見えるかすかな光源がシートひとつと操作パネルを照らしている。

好奇心から近づいてみた。まるで足じたいが生き物のように、曲がりくねった小道を勝手に歩いていく。乗り物を探すことは頭のどこかにあったものの、それに集中しようとするたび、気をそらされてしまうのだ。

卵形構造物に着く。高さ四メートル、まんなかの厚みは二・五メートルほどとわかった。外被は濃いグレイの多孔性物質でできているが、なんなのかよくわからない。どこか太古のものという印象を受けた。

開口部から入りこみ、シートにどっかりすわった。操作パネル上の文字と数字を解読しようとする。

そのとき、声が聞こえてぎくりとした。

「いかん、ラッセル！」

ドマシェクはパネルに伸ばした手を引っこめ、たずねた。

「だれだ？」

「デジタリスだ」声が答える。「きみにはわたしが見えないだろうが、こちらからは見える。操作パネルに触れるんじゃない！　それはタイムマシンだ。いま行くから待ってろ。恐がることはない、ラッセル！　わたしは光の剣を持っている。これがあれば無敵だ」

ドマシェクはうめいた。

シガ星人が近くにいるとは知らなかった。もっとわからないのは、なぜ自分がデジタリス・アウラの言葉を理解できたかということだ。とはいえ、アウラがなにか役にたつとはまったく思えない。たしかに武器設計者ではあるが、かれが設計するのはテラ仕様の宇宙船に装備するための兵器で、そのなかに剣は入っていない。まして、シガ星人が携行できるようなちいさな剣など。

だがアウラはいつだって、自身が好んで詩にする仮象の世界に住んでいるのだ。近ごろでは、いつかかならずケスドシャン・ドームに行くといいはっていた。テングリ・レトス＝テラクドシャンに選ばれて深淵の騎士の仲間入りをするつもりらしい。光の剣とやらも、おそらくその白昼夢が生みだしたものだろう。

そのとき、近くでばりばりと音がした。

ドマシェクはこうべをめぐらして外を見た。

青い恒星がはげしく揺れ動いている。色あせた空の一部が裂け、舞台裏の構造が露呈した。プラスティックと金属で補強した書き割りだ。

ふたたび、ばりばりいう音。

空の裂け目がひろがって、突然、太陽灯が落下してきた。ダイヤモンドの丘が割れる音が響きわたったと思うと、ペガサスに似た馬のようなものがあらわれた。墜落することなく、卵形構造物のそばに着地する。

〝馬〟のぴんと立った両耳のあいだに浮遊シートが固定され、そこにシガ星人がすわっていた。ちいさな両手に同じくちいさな箱を持って。

「ハロー、カウボーイ！」ドマシェクは声をかけた。

「この無法者！」シガ星人が叱りつける。「タイムマシンもろとも消えてしまう前に、早く出てこい！　行儀よくするなら、わがムスタングの鞍《くら》に乗せてやってもいいぞ」

「タイムマシンだって？」ドマシェクはせせら笑うように、「レルレイのぼったくりサロンにタイムマシンなんかあるわけない！　ところで、なぜわれわれ、たがいのいうことが理解できるんだろう？」

「わたしは減音装置を、きみは拡声機を通してたがいの声を聞いている。どちらの装置もシガ製だ。それが理由だよ。もちろん、きみがすわっているのはほんもののタイムマシンでなく、カムフラージュした転送機だ。時間旅行を体験させるのさ」

ドマシェクはあわてて装置からはなれた。あまりに急いだので、どうやってそこから出たかもおぼえていない。

「勘弁してくれ！」と、嘆く。「転送先ではロボットの頭がくっつくことになったかもな。つまり、ここは本当にクレイジー・ハプニングのなかなのか？」

「どこだと思ったのだ？　ほかの惑星だとでも？　レルレイが経営しているのは幻想サ

ロンで、旅行会社ではないぞ」

ドマシェクは上着のポケットからダイヤモンドをつかみだすと、疑いの目でしげしげと見た。

「ガラス片だ」アウラがきっぱりいう。「レルレイがきみにダイヤモンドをくれると思うか？」

「もちろん、そんなわけないな」苦々しく答え、「とにかく、やつがわたしから一万一千ギャラクス以上ふんだくったのはたしかだ。IDカードも塵《ちり》になってしまった」

「すべてポジトロニクスの誤作動のせいだ」と、アウラ。「だが、そんな些細《ささい》なことに文句をいっている場合じゃない。謎の暗黒勢力に襲われて、人類の文明が崩壊の危機にあるのだぞ！　だいたい、クレイジー・ハプニングでなにをしている？」

「乗り物を探しにきたんだ。それを使ってハンザ司令部までチュトンを連れていこうと思って」

「チュトン？　何者だね？」

「一種の影だ」

「一種の影？」アウラはおうむ返しにいい、「調整したばかりなのに、どうやらシガ製装置にまた狂いが生じたらしい。〝一種の影〟という言葉が理解できん」

「影みたいな生命体なんだ」ドマシェクは応じる。「この惑星の者ではない。もしかしたら異宇宙からきたのかも。とにかくチュトンと名乗っている。ペリー・ローダンに、つまり代行のレジナルド・ブルに、深刻な危険について警告したいそうだ」

「おおいに期待が持てる話だな。そのチュトンとやら、ひょっとするとコスモクラートの使者じゃないか。深遠の騎士の仲間入りをするわたしに、ケスドシャン・ドームへ行く日を伝えにきたのかもしれん。わがムスタングに乗れ、ラッセル!」

心理学者はしたがった。

〝馬〟には鐙《あぶみ》がなかったので、両耳をつかんで乗りあがり、鞍にまたがろうとする。そのとたん、ぽきりと音がして両耳がとれ、ドマシェクは偽ダイヤモンドのガラス片の上に投げだされた。

「蛮人め!」アウラが悪態をついた。「行儀よくしろといっただろう!」

ドマシェクはなんとか起きあがると、馬のからだを不審げになでた。黒い表面は薄い合成素材の感じだ。押すとたわむ。

「これ、いったいなにでできている?」と、訊いてみた。

「なんだと思うのだ!」アウラの答えだ。「ここにあるほかのものと同じ、安物のプラスティックにきまっている。かつてはどこかの芝居小屋の品だったらしいな。それでもとにかくエアクッションで浮かぶ。大昔からあるコンプレッサーで圧縮空気を送るのだ。コンピュータがなければ不具合もないということ! わかったか?」

「なるほど!」ドマシェクは感嘆した。「わたしが乗ってもだいじょうぶかな。なにしろ九十キログラムあるから」

「きみに関してはつねにリスクだらけだ」アウラが確言する。

ドマシェクは息を切らしながら馬の背にうしろから乗り、その頸に両腕を巻きつけた。めりめりと怪しげな音が聞こえたものの、壊れることはない。

「ところで、きみの剣はどこにある?」と、たずねる。

「光の剣だ!」アウラは訂正し、右手の小箱をかかげて誇らしげにいった。「これが五次元性回転プロジェクターだ! やがて深淵の騎士となるわれの手に、究極の武器!コスモクラートの使者はどこで待っている?」

「正面玄関だ」

そう答えたあと、馬の腹のなかで音がとどろきだした。ドマシェクは思わず目をつぶる。やがて、空気の強い流れで衣服がはためきはじめた。プラスティック構造が振動したと思うと、とどろきが鋭い笛のような音に変化する。馬はぎこちなく揺れながら、数センチメートルほど地面から浮きあがった。

# 7

チュトンはラッセル・ドマシェクを見送った場所にまだ立っていた。

そこへ、奇妙な〝馬〟が幻想サロンの左側から近づく。開いていたサイド・ドアからデジタリス・アウラが乗り物を出したのだ。切符売りロボットを壊したくないからという理由だが、シガ星人の〝究極の武器〟ではロボットに対抗できないのだろうとドマシェクは踏んでいる。

アウラは馬をチュトンのすぐそばにとめた。コンプレッサーは作動させたままだ。

「気高きコスモクラートの使者にご挨拶申しあげる！」拡声機から声が鳴りわたった。

チュトンは驚いて振り向く。白い瞳からインパルスが放射されたように見えた。

「いましゃべったのはだれだ？」そう問う声には明らかな威嚇《いかく》の響きがある。

シガ星人は肩をそびやかした。真っ赤なケープがコンプレッサーの風ではためく。

「わたしはデジタリス・アウラ、深淵の騎士候補である。あなたはコスモクラートの使者ではないのか？」

「ただのチュトンだ」異人は無愛想に答えた。

「ま、よろしい！」アウラはなだめるように、「不作法をするつもりはありませんぞ。なんという目か！　宇宙の大いなる秘密が語りかけてくるようだ。以後お見知りおきを、チュトン！　わがムスタングに乗るさいはご注意いただきたい。壊れやすいのでね。すでにラッセルだけで九十キログラムの負荷がかかっている」

チュトンは口のはしにかすかな笑みを浮かべ、

「きみのムスタングがわたしの重みを感じることはない」と、きっぱりいう。

次の瞬間、かれはドマシェクのうしろにすわっていた。アウラが息をのむ音が拡声機を通して聞こえてくる。

馬はロード・ツヴィーブス広場を迂回し、ガーナル地区の境界をなすモロル並木道に入った。その向こうからはテラニア・シティで、三十キロメートルほど行くと宇宙ハンザの司令部がある。

モロル並木道もグライダーの残骸だらけだ。アウラは馬が壊れないよう、つねに障害物を回避しなければならなかった。そのため何度も歩行者が前に立ちはだかり、とめられてしまう。さいわい暴力に訴えてくる者はなく、みな最後の瞬間には脇によけたが、そのたびにドマシェクはひやひやした。

テラニア・シティに着いても状況はほとんど変わらない。ガーナルよりは建物が高く、湖や人工の小川が多いというだけだ。住民はほとんど家のなかに閉じこもっている。あちこちに少人数のグループがいて、原始的なかまどで温かい料理をつくっていた。

ドマシェクがなにより意気消沈したのは、これらの人々がしゃべらないことだった。言語混乱を克服するすべがないのだ。身ぶりでできるかぎりの意思疎通を、たまにするだけ。

おかしな三人組はときおり、家々を行きかう保安員に出会った。おそらくかれらは、たんに自分たちの姿を見せて安心させることだけが目的なのだろう。もしかしたら医薬品やビタミン剤などを配っているのかもしれない。

なにもかも不気味な感じだ。このままの状態がつづいたらテラニアはどうなってしまうのだろう。輸送手段がすべて使えなければ、生活必需品も手に入らない。水が出るのは、純粋に機械のみで動く屋外の消火栓だけになる。だが、ごみや排泄《はいせつ》物はどうするのか？　家のなかに置いておけないから、きっとみんな外に投げ捨てるだろう。テラニアは悪臭漂う下水溝のような町になってしまう。

バベル・シンドロームの原因はなんなのか、いつまでつづくのか、チュトンに何度も訊いてみたが、答えはなかった。この不気味な男は最初から、たいしたことはなにも知らないのかもしれない。チュトンをつつむ哀愁と悲壮感が、しだいにドマシェクの心も乱しはじめていた。

デジタリス・アウラはそれにほとんど影響されないようだ。もと芝居小屋の馬の耳のあいだで浮遊シートにうずくまり、歌詞の意味もわからない古いバラードを口ずさんでいる。黒髪をていねいに編みこんだ〝太い〟弁髪が真っ赤なケープの上で揺れていた。どうやら、リモコンで駄馬を操縦しながら位置をたもつだけで手いっぱいらしい。見かけほど自信たっぷりではないのだろう。

二時間後には十二キロメートルほど進んでいた。暗くなる前にハンザ司令部に着くだろうと思ったそのとき、突然、空に色とりどりの光が踊った。

鈍いとどろきにつづいて、通りにあるグライダーの残骸ががちゃがちゃと金属音をたてはじめる。

それが動きだしたのを見て、ドマシェクは驚きで目をむいた。馬が進んでいたすぐそばの建物の壁に亀裂が入る。どこかでグラシット窓の割れる音がした。残骸の動きが大きくなる。道路の対向側にある建物の玄関が、スローモーションのごとく崩壊した。

「飛べ！」シガ星人に向かって叫ぶ。「地震だ！　ビルが倒壊したら瓦礫《がれき》に埋まってしまうぞ！」

アウラはあわててリモコンをいじった。

「だめだ。だいたい、これには飛行機能なんか……」

そこで驚いて口をつぐむ。馬が急上昇したのだ。

ドマシェクはふたたび馬の頸にしがみつく。下を見まいとしたのに、つい衝動的に見てしまい、ますます驚愕した。

地震に驚いた人々がおおぜい、建物から出てくる。ところが外に一歩出たとたん、地面から浮きあがり、さまざまな速度で空中に投げだされたのだ。悲鳴が飛びかう。だれもが大の字になって上昇している。そこへ崩壊した玄関の瓦礫もくわわって、人々に追いつき追いこしていく。

五十キログラムはありそうな瓦礫片が弾丸のごとく馬に向かってきて、ドマシェクは悲鳴をあげた。

アウラはシートから身を乗りだし、瓦礫片に狙いをつけると、箱形装置のセンサー・ポイントに触れた。瓦礫片は高速で回転し、相《あ》いかわらずコースを変えず向かってくる。馬の数メートル下でようやく破砕され、粉々になった。

あられ大の破片が飛びちり、馬の腹や脚に当たる。ドマシェクも前腕と太股に直撃を受けた。右耳に飛びこんだ破片もある。

痛さで涙目になりアウラのほうを見ると、シートから乗りだしすぎて落馬しかけていた。ドマシェクは手を伸ばし、すんでのところで小男をとらえる。

「あまり強くつかむな!」アウラがわめきちらす。「わたしを握りつぶすつもりか、このエルトルス人!」

「本当にエルトルス人だったらよかったよ」と、ドマシェクは応じた。「そしたら、このペガサスに乗れとはいわれなかったもんな」

シガ星人をシートにもどし、急《せ》きたてる。

「いいかげん、なんとかしろ！　宇宙空間まで飛んでってしまうぞ」

アウラは荒い呼吸をととのえ、ケープを引っ張ってから振り向いた。

「どうしろというのだ？　どっちみち、わがムスタングはロケットではない。重力がもとにもどるまでの辛抱だ！　だがそうなったら、宇宙空間に飛んでいったほうがよかったと思うだろうよ」

馬が石のように落下して地面にたたきつけられるところを想像し、ドマシェクは思わず首をすくめた。

チュトンを絶対にハンザ司令部に連れていこうと考えた自分を呪う。あのままコミュニケーション・センターにいたら、どこか休憩室で横になり、ゆうべの睡眠不足を補うことができたのに！　いったいなぜ、人類を凶事から守りたいなんて大それたことを考えたのか！　そんな犠牲的精神を発揮したところで、だれも気づいてくれない。わたしがもと芝居小屋の馬の残骸近くで全身骨折の状態で発見されても、ただの狂人と思われるだけだろう。

それも、名なしの狂人だ……IDカードすら持たないのだから。

＊

すべての感覚が死の恐怖にとらわれ、しばらくはなにも聞こえず、なにも見えなかった。その状態に身をまかせていると、死の概念はしだいに背景へと去り、ドマシェクは生きることを考えはじめた。

チュトンの顔が見えるところまでからだをひねる。影めいた存在がそこにいるのは意識にあったが、もう不気味とは思わず、あたりまえのこととして受けとめていた。

「なんとかして助かる方法はないのか？」と、訊く。

「ない」と、チュトン。

ドマシェクはまた前を向くと、いぶかしげに空を見あげた。なにかが決定的に変化したと感じる……これまで無意識にしか感じていなかった、なにかが。不安をおぼえた。

気温がさがっている。だが、そうした変化ではない。

真っ赤な太陽に目がとまった。

真っ赤な？　それが問題なのか？

いや、あれは太陽が地平線近くにあるから色が変化しただけだ。そのせいで可視光線の大気通過距離が長くなり、おもに青色の光がとどかなくなって……

待てよ。いまはまだ午後の早い時間じゃないか！

ドマシェクは愕然とし、わっと叫んだ。

「なんだ?」シガ星人がいう。

「太陽が!」ドマシェクは言葉を絞りだした。「太陽の位置を見てみろ!」

「ふむ。ふだんと変わりないように見えるが」

そりゃそうだ! デジタリス・アウラはまだテラにきて間もない。昼夜のリズムもよくわかってないはず。

「この時間であれほど下にあるのはおかしいんだ」テラナーは説明した。「地球の自転が速まってる」

そこで、はっとする。

「だが、もしそうなら太陽は西に沈むはずだ。ということは、自転と関係ない。太陽が地球から見て南の方向に遠ざかったか、あるいは……」

「あるいは?」アウラはわけがわからないらしい。

「地球が太陽の軌道からはずれたか」ドマシェクは小声で答えた。「なんてこった! 気温がさがった理由が読めたぞ。地球が太陽から遠ざかってるんだ」

「そのようだな」アウラが他人ごとのように、「きみたちテラナーがなんとかすべきだろう」

「なにができるというんだ?」ドマシェクはいきりたち、息をはずませた。

むろん宇宙ハンザ時代の高度技術があれば、地球の軌道を修正できる。テラ近傍の宇宙空間に巨大な反重力プロジェクターと牽引ビームを展開することで、それは可能だ。しかし、いまテラ近傍には反重力プロジェクターも牽引ビームもないし、それを正しいポジションに送りだせる者もいない。バベル・シンドロームの影響下では、どだい無理な話だ。作業に必要な操作をするのに不可欠なコンピュータがまともに動かないことをべつにしても。

「ああ、そうか！」と、アウラ。

ようやく事情を察したらしい。

「こうなったら、もっと急いでハンザ司令部に行ってくれ」チュトンがいう。

いまの無策な状況で、あまりに不合理な要求じゃないか。ドマシェクはそう思い、狂ったように笑いだした。

その笑いがやんだのは、高度がさがりはじめたと気づいたときだ。ふたたび馬の頸にしがみつこうとする。だが、寒さにかじかんだ手では無理だった。指の感覚がないのだ。正気を失いそうな恐怖に駆られ、下を見る。目の前でテラニアの巨大な町並みが回転していた。回転はますます速くなり、空気が音をたてはじめる。風で上着がめくれあがり、ポケットのガラス片が馬の背中に降りそそいだ。

まわりの人やものが視界に入る。響きわたる悲鳴。円柱形のマンションがすごい勢いで大きさを増してきた。マンションの正面は金メッキを施したグラシット製で、きらきら輝いている。だれかの叫び声が聞こえ、見やると、鈍い音とともにグラシット窓にぶつかり、そのまま滑り落ちていった。

もと芝居小屋の馬はマンションからほんの数メートルはずれ、左ななめに方向を変えた。支えを失ったドマシェクは振り落とされまいと、両脚で馬の胴を締めつける。そのさい後方に滑ってしまい、体重移動によって馬はますます棒立ちになった。

ドマシェクは影生物チュトンを通りぬけて後退する。両手両脚をじたばた動かすもむなしく、最後にひと声、叫びをあげた。

墜落。

背中に百回、鞭《むち》を当てられたような気分だった。湿った緑の草が視界に揺れる。そこから投げだされ……次の瞬間、ふたたびどこかに落ちた。

舌を嚙んだ。頭の上のほうでなにかがぶつかるような音がして、耳がざわざわする。

空気をもとめてあえぎ、だいぶ水を飲んだ。声を出そうにもまったく出せない。必死で目を見ひらくが、やがて意識を失った……

# 8

ラッセル・ドマシェクは腹がたった。だれかが自分に水を吐かせている。なぜ、ほっといてくれない？　わたしは死んだんだ。すくなくとも生きてはいない。もういいだろう？　だれだって死ぬのは一度だし、わたしはすでにやってのけたんだから。死は想像していたほど悪いものじゃなかった。

揺り動かすなってば！　ふつうの人間みたいに一度だけ死ぬことも許してもらえないのか？　生き返らせて、また死なせるつもりか？

話しかける声がするが、ひと言も理解できない。ドマシェクはかたくなに目を閉じていた。

仰向けにされたのがわかっても、されるがままになる。まだ生きていることも忘れて。右の耳もとでしゅっという音がした。

したいようにしろ！

げほっと音をたてて咳《せ》きこむ。

だれかの笑い声が聞こえた。

頭にきて目を開け、「なんでそっとしといてくれないんだよ！」と、文句をいった。「なにもかも忘れて、いい気分だったのに」

答えがないので、起きあがり、周囲に目を向けた。

芝地の上だ。すぐそばに湖が見える。その岸辺から自分のいる場所まで、ぬれたものを引きずったような跡があった。

反対側に目を向ける。

少女がひとり、はにかんだようすで立っていた。十四歳くらいか。髪も、着ているオーヴァオールもびしょぬれだ。この子が自分を水から引きあげてくれたにちがいない。

少女の隣りには注射ピストルを手にした制服姿の保安員がひとりいて、こちらを真剣な顔で見ている。うなずくと、去っていった。もう自分と注射ピストルの役目はすんだと思ったのだろう。

「ありがとう」ドマシェクはしぶしぶ少女に礼をいった。「着替えたほうがいい。凍えてしまうよ！」

相手は理解できないらしい。心理学者はバベル・シンドロームのことを思いだす。

デジタリスはどうした？

あの墜落を生きのびただろうか？　たぶんだいじょうぶだろう。フライ級のシガ星人なら、かなりの高さから落下しても草の茎が緩衝材の役目をはたすはず。ただ、石の上に落ちたとなると……

ドマシェクはその先を想像するどころではなくなった。あまりの寒さに歯の根が合わなくなったのだ。

まずは乾いた衣類に着替えないと、二度めの死を迎えることになりかねない。この女の子も同様だ。

近くのマンションからだれかが毛布を手に出てくるのが見えて、ほっとする。だが、それは自分と少女に持ってきてくれたのでなく、道に倒れて動かなくなった遺体にかけるためだった。ドマシェクは唇を一文字に結んだ。

この数分で数千人が亡《な》くなったにちがいない。

少女がおずおずとほほえみ、なにかいったが、理解できない。すると、彼女は自分とドマシェクとマンションを順番にさししめす。

そうか、わかった。

ドマシェクは少女について、らせん状の非常階段を二十階ほどのぼっていった。心臓が肋骨から飛びだしそうになる。階段シャフトをはなれたところで、ぜいぜいと荒い息をついた。

これじゃ百階の住人はどうなるんだろう？

少女の案内で住居に行く。母親と思われる女性がなかに入れてくれた。途中、トイレのドアの隙間から排泄物の悪臭が漂ってきた。

リビングには老いた男女がすわっていた。女性の両親あるいは義父母だろう。その目には絶望の色があった。テーブルに空の皿が置かれている。パン屑がのっているのか、老人がしきりに指で皿をこすっては、その指を口に持っていく。

こちらを見て、あわれっぽくなにかいった。〝アグヌム、フルオド、グング〟と聞こえたが……

ドマシェクは肩をすくめるしかない。

母親らしき女性が部屋を出て、清潔な下着と靴下、Tシャツと作業着を持ってきた。それをドマシェクに手わたし、キッチンに連れていく。

リビングにもどると、少女も乾いた服に着替えていた。この人たちを助けたい、せめてなぐさめの言葉をかけたいと、ドマシェクは思う。でも、なにをいっても理解してもらえまい。助けることはできないのだ。

それどころか、すぐにも去らなくてはならない。デジタリスの行方を探さないと。かれは少女のおでこにキスして、家族に手を振り、出ていこうとした。

母親が笑いながらドマシェクの足もとを指さす。靴下のままだ。急いでキッチンへ行き、靴をひろいあげたものの、また下に置いて首を振る。水びたしで、ところどころ破れていた。

少女が追いかけてきて、グリーンの人工皮革製ブーツを置いた。足を滑りこませると、二サイズ以上も大きかったが、靴下で歩きまわるよりましだろう。

ドマシェクはブーツを指さし、訊いてみた。

「パパはどこ？」

少女はかれの唇を必死に読み、顔を輝かせた。キッチンテーブルの周囲を走りまわってみせ、何度もからだをかがめて、歯のあいだから〝しゅっ〟と音を出す。

なるほど。

彼女の父親は注射ピストルを持って負傷者の治療をしてまわっている。おそらく、ドマシェクに注射してくれた保安員がそうなのだろう。

かれは少女の手を握り、マンションをあとにした。階段をおりて下に着くと、すでに踵《かかと》に靴ずれができている。

数メートル前にチュトンが立ち、急きたてるようにこちらを見ていた。

＊

ラッセル・ドマシェクは盛大にかぶりを振った。

「だめだ。まずはデジタリスがどうなったかたしかめる」

「それはどうでもいい」と、チュトン。「レジナルド・ブルのところに連れていけ！」

ソーシャルワーカーは怒り心頭で異形《いぎょう》の者をにらみつけ、あきれたように笑った。

「とめられるもんならやってみろ、正体不明の化け物め！」

まっすぐ相手に向かっていく。わざと通りぬけてやろうかと思ったが、さすがにそれはできなかった。さっとよけ、いっしんに湖をめざす。一歩ごとに靴ずれが痛み、歯を食いしばった。

最初に発見したのは、もと芝居小屋の馬……あるいはその残骸というべきか。大きなブロンズ色の太陽時計の上に墜落していた。時計の支柱がななめ上方向に突き刺さり、プラスティックの腹が裂けて、部品が周囲に散乱していた。ドマシェクは小ばかにした顔でそれを見る。馬のエアクッション構造がこれほどちゃちなものとは思わなかった。

墜落場所を目視した。そこには太陽時計が設置されていたベトンの台座があるだけで、あとは芝地だ。年に二回しか刈りこまなくてすむような、丈の短い芝である。それでもシガ星人の大きさなら、密になった葉のあいだにまぎれてしまうだろう。

目視だけでは見つからないとわかり、四つん這いになって太陽時計の周囲を手探りしてみた。

「動いちゃだめだ！」と、自分を追ってきたチュトンに思わずいう。「踏みつぶしてしまう……」と、いいかけて首を振り、「ばかだな、なに考えてるんだ！」

膝と背中が痛くなるのもかまわず、さらに探しつづける。太陽時計の周囲をくまなく探したが、シガ星人は見つからない。うめきながら起きあがると、目の前が暗くなった。立ちくらみだ。

ドマシェクは太陽時計の上でよろめき、がらんどうの馬でからだを支えてぐったりもたれた。めりめりと不吉な音がして、もろくなったプラスティックが裂ける。前方に投げだされ、ブロンズ色の時計にしがみついた。

そのとき、湖に多数のカモメが群れになっているのが目に入った。鳴き声をあげながら水面近くを旋回し、一羽ずつ、あるいは二羽ペアになり、遠くて見えないなにかに何度もくりかえし向かっていく。不思議なことに、水面にはカモメの羽根がたくさん浮いて絨毯《じゅうたん》のようになっていた。

なんだろうと思い、岸近くまで行ってみる。

しばらく目を凝《こ》らしていると、漂う羽根のあいだにスイレンの葉が何枚か浮かんでいるのが見えた。その一枚の上で、ちいさな動物がはねまわっている。たぶんトガリネズミだ。カモメはそれを狙っているらしい。でも、なんでこれほど羽根が抜けたんだろう？

「たかがネズミ一匹にむだな努力！」と、鼻で笑う。

「あれはデジタリス・アウラだ」チュトンが隣りにきてひと言。

ドマシェクは笑ったものの、はっとしてさらに目を凝らした。

たしかにトガリネズミじゃなくシガ星人だ。スイレンの葉の上でぴょんぴょん跳んでは、右手に持った剣を振りまわしている。

「こりゃたいへんだ！」

デジタリスを救出しなくては。いまのところ、どうにか回転プロジェクターを使ってカモメの攻撃をしりぞけてはいるが、いつか力つきて鳥の胃のなかで最期を迎えることになるだろう。

だれか泳げる者が友を連れてきてくれないかと、あたりを探した。しかし、マンションの周囲には人けがない。遺体にかけられた毛布があちこちに見えるだけだ。

と、舟着き場にちいさな手漕ぎボートが四艘つながれているのが見えた。それがクルミの殻のように引っくり返るさまを想像して、ドマシェクはごくりと唾をのむ。湖に落ちたら、だれにも助けてもらえまい。そうなれば、きょう二度めの溺死が待っている。

それでも舟着き場に急いだ。

「なんてばかなんだ、ラッセル！」と、自分につぶやく。「おまえはいつだって、他人のために厄介ごとをしょいこんでしまう。でも、これが最後だ。そのあとは自分のために安全な場所を探すぞ」

そういうそばから、もはや地球に安全な場所などないことに思いいたる。できるかぎり慎重に、一艘のボートに乗りこんだ。ひどく揺れたので、思わず目をつぶる。ふたつある渡し板のひとつにやっとのことで腰をおろし、両方のオールの柄を握った。どうにか水かき部分を水中に入れて漕ぎはじめようとしたところで、舟着き場の杭にザイルが巻きついているのに気づいた。

心のなかで悪態をつくと、渡し板をはなれて四つん這いで舳先《へさき》に向かい、ザイルをほどいた。また慎重にもとの位置にもどり、仕切りなおして漕ぎだす。

なんとか前には進んだが、どうやっても思ったコースには行かず、何度も方向がそれた。アウラは相いかわらず、スイレンの葉の上で狂ったように跳びはねては〝光の剣〟で身を守っている。やがてボートに気づき、赤いケープを振って合図してきた。

「もちこたえてくれよ！」と、ドマシェク。

ついにボートがスイレンの葉にゆっくり近づいていく。カモメたちは攻撃相手のことも忘れ、ぎゃあぎゃあ鳴きながらいっせいにボートの周囲と上空を飛びはじめた。観光客に餌《えさ》をもらい慣れているらしい。その期待を裏切ったドマシェクは、このうえなく不作法なやり方で仕返しされることになった。

このままスピードを落とさず進めばシガ星人を乗りこえてしまう、と、すんでのところで気づき、減速を試みる。しかし、ボートはただ回転するばかり。これではアウラを艫《とも》の下でつぶすことになる。

そこでいいことを思いついた。オール受けからオールを引っ張ってはずすと、シガ星人のほうにさしだす。

アウラは水かきの上へと大きくジャンプ。かれにそんなことができるとは思わなかった。ところが、水かきがぬれていたため、つるりと滑って水中に落下してしまう。

シガ星人の姿が見えなくなり、心理学者は息を詰めた。だが、しばらくすると浮きあがり、水かきのほうに泳いできて、両手でしっかりつかまった。ドマシェクは慎重にオールを引きもどす。

アウラはもうひとつの渡し板に倒れこみ、ぐったりして転がった。

ドマシェクはかれを持ちあげて作業着のポケットに入れると、岸へともどる。

舟着き場にくるころには、シガ星人はドマシェクの体温で暖まってすこし元気になっていた。ポケットから頭を出し、

「助かったよ、ラッセル！」と、感謝を述べる。拡声機を通した声は水のなかのように不明瞭だ。舟底の白い汚点をじっと見て、アウラはいやそうに顔をしかめた。「あれはなんだ？」

「かわいい小鳥の置きみやげさ」ドマシェクは答えた。

# 9

「さて、どうするね？」デジタリス・アウラが訊いた。ハンザ司令部に近づこうとして、五回めに失敗したあとのこと。

五回とも道路封鎖に遭遇したのだ。戦闘ロボットが輪になって道をふさぎ、パラトロン・バリアを張っていた。ハンザ司令部に行こうとする人々がその前におおぜい集まり、いらだちながら口々にしゃべるが、だれも人のいうことを理解していない。

ロボットは質問にいっさい答えなかった。道路封鎖が宇宙ハンザ上層部の指示によるものか、命令ポジトロニクスの故障が理由でこんな行動に出たのか、定かではない。

気がつくと、さっきよりも冷えてきた。雪になっている。

雪雲の隙間から見える太陽はくすんだ光点でしかない。地平線より高い位置にあるが、直径がさらに縮んでいるのは雲が晴れなくてもわかる。地球はますます太陽系の主星から遠ざかっているのだ。

「あとはひとりで行ったらどうだ？」ラッセル・ドマシェクはチュトンのほうを向いて

いった。「ハンザのいちばん近い出入口まで、もう千メートルもないぞ」

「ひとりでは行けない」と、異形の者。「まだきみが必要なのだ。わたしにとっての関連ポイントだから」

「それでも、あなたならパラトロン・バリアを通りぬけられるのだろう?」アウラが尊敬をこめてたずねる。

「いうまでもない」

「すばらしい!」シガ星人は感嘆し、「わたしだって光の剣があれば……!だが、残念ながら大海に落としてしまった。ラッセルの水かきの使い方がへたくそでな。もぐって探したが、見つからなかった」

「ハンザ司令部の地下にパイプ軌道列車のターミナル駅がある」ドマシェクはアウラの非難を無視して考えこんだ。「駅からは司令部に出入りできる。ひょっとすると、そこなら封鎖されていないかも」

「わたしを連れていけ!」と、チュトン。

「おちついて!」ドマシェクは寒さに震えながら応じた。いま自分に必要なのは一杯の熱いコーヒーと、クリームのかかった苺ケーキ一個だ!一個?とんでもない、十個は食えるぞ!「そこにはどこかべつの駅からしか行けない。だが、いまテラニアで動いているパイプ軌道列車は一本もないと思う」

「だったら徒歩で行けばいい」

それはとりあえず考えまいとドマシェクは決意した。

「検討してみよう。もよりの駅はこっちにあるはずだ」と、南東を指さし、小声でつけくわえる。「五キロメートルばかり先だけど」

「問題ない」と、異形の者。

「あんたはいいよな」ドマシェクは痛む足を動かしながらぶつくさいった。「影は、靴ずれで悩むことも疲れることもないんだから」

もう歩きたくないと、なぜいえないのだろう？　足を引きずって次の脇道へ入りながら、心理学者はつらつら考えた。この影はどうして、こちらをいいなりにさせるんだ？　たんにわたしがお人よしということか。またこれで墓穴を掘ってしまう。

それでもドマシェクはとぼとぼ進んでいった。

雪はみぞれになり、やがてあられとなってはげしく降りだした。風が咆哮《ほうこう》し、雪とあられ粒が道に吹きだまりをつくる。グライダーの残骸が白いシーツでおおわれたようになった。

「まさに死装束じゃないか！」ドマシェクの目に涙があふれた。「そうとも、地球が死装束をまとってるんだ」

風がしだいにやみ、あられもおさまってきた。

ドマシェクは袖で涙をぬぐい、すこしおちつこうと立ちどまる。

そのとき、かすかな歌声が聞こえたように思った。なにがあっても驚くまいと覚悟して周囲を見まわす。グラシット板の割れた窓がひとつあり、その向こうに揺らめく光が見えた。歌はそこから聞こえてくる。

「火事だ!」胸ポケットのかくれ場からドマシェクの視線を追っていたデジタリス・アウラが叫んだ。「テラニアが燃えつきてしまう!」

「ばかいえ! あれはろうそくの炎だよ。だれかがクリスマス・ソングを歌ってるんだ。歌詞は……ま、やっぱり理解できない。だが、こんな混沌のなかでも人々はろうそくに火をともし、クリスマス・ソングを……もとい、そのようなものを歌っている!」ドマシェクは心打たれてそういうと、盛大な音をたてて鼻をかんだ。

「もうクリスマスなのか?」と、シガ星人。

「まだだけど、同じことさ。クリスマス・ソングはクリスマス前でも歌うもんだ」

足を引きずってまた歩きだす。

しだいに晴れてきた。空は深い紺色で、ふだんより高く見える。太陽の位置はほとんど変わっていないが、大きさはいつもの半分しかない。

「これからもっと寒くなるな」ドマシェクはしょんぼりして空に視線をさまよわせた。

その目が輝いたのは、テラニア中心部のちょうど真上に青白い月がかかっているのを見たときだ。輝く暈《かさ》に縁どられ、四分の一ほど欠けた円のかたちになっている。

「とりあえず、ルナはまだある」そう確認し、希望が芽生えるのを感じた。「地球はひとりぼっちで不安な運命をたどるわけじゃない」

それはセンチメンタルな気分からのみ出た言葉ではなかった。ネーサンがあるではないか。月のインポトロニクスが地球とともにあれば、人々がカオスの後遺症から立ちなおる手助けをしてくれるだろう。

このカオスが本当に終われればの話だが……

＊

そのパイプ軌道駅は、孤独な放浪者たちの目には見捨てられたようにうつった。だが、すくなくとも照明はついている。

ラッセル・ドマシェクは、はるか上方にある駅監視システムの制御室を凝視したのち、重いプラスト製シャッターで閉鎖されたトンネル開口部にこわごわ目をやった。

「あの上にある制御室は、人間でも操作できるようになっている」と、チュトンに説明する。「あそこがまだ機能してるなら、トンネルを開く方法は見つかるかもしれない。だけど万一、歩いていく途中で列車がきたらどうする？　退避用アルコーヴがあるかどうかわからないし」

「レジナルド・ブルとハンザ・スポークスマンたちに、どうしても伝えたい重大なメッセージがあるのだ」と、異人。「それがまにあえば、地球は最悪の事態をまぬがれるかもしれない」

「要するに、目的のためならリスクはいとわないってことだな」ドマシェクは苦々しく応じる。「最初にコンタクトするのがわたしなんかじゃなく、英雄だったらよかったのでは？」

「英雄だったらとっくに失敗している」

ドマシェクはチュトンの言葉を反芻《はんすう》しつつ、制御室に向から細い梯子《はしご》をよじのぼった。上に着くと、一連の照明フィールドが光をはなち、完全ポジトロン制御中であることをしめしていた。たったひとつのセンサー・ポイントに触れるのも躊躇《ちゅうちょ》される。そこで、電気で動かす非常用の手動スイッチをためしてみることにした。

十分後、プラスト製シャッターがあがりはじめた。

それ以上なにもせず、チュトンのところへもどる。足を引きずり、おずおずと異人を先導して、ハンザ司令部の方向につづくトンネルのなかに入った。ここには照明がない。すぐに真っ暗になり、ドマシェクは右側の壁をロボットの手で探りつつ進んだ。いつのまにか、この手にもすっかり慣れていた。セラン防護服の手袋と同じくセンサー・レセプタが働き、暗闇のなかでも自分の手とまったく変わらぬ感覚を伝えてくる。

百メートルほど前進したところで、アルコーヴがあるのがわかり、ほっとした。これで予想に反して列車がきたとしても、すくなくとも安全を確保できるめどがついた。列車とトンネル壁のあいだはほとんど隙間がないので、アルコーヴの外だと押しつぶされてしまうだろう。

さらに六十メートルほど進んだとき、前方にかすかな空気の流れを感じた。

「列車だ！」そう叫んで走りだす。

列車がフルスピードを出しているとしたら、ぎりぎり次のアルコーヴにまにあうかどうか。ドマシェクは最後の力を振りしぼった。空気の流れが風になり、ごうごうたる暴風になり、必死の男に立ちはだかる。ロボットの手がトンネル壁できしみ音をたて、いつしかブーツが片方脱げていたことにも気づかない。

目の前に列車があらわれた。ぎらぎら光る鋼鉄の巨体は、高圧シリンダーから射出されてくる。そのわずかななごりが暴風を生じさせるのだ。

ロボットの手が空を切る。

ドマシェクはぎゃっと叫んで右に身を投げた。背後で扉が音をたてて閉まり、数千気圧の威力で押しよせる空気の塊りから防御してくれる。

装甲扉がふたたび開いたときは、膝からすっかり力が抜けていた。

「チュトン？」と、呼びかける。

十メートルほど先から返事が聞こえてきた。

「だいじょうぶだ、ラッセル！　ここからはひとりで行ける。もうきみは必要ない」

ドマシェクは身を震わせた。

「あの男は世界の崩壊を切りぬけたんだ」そうつぶやき、壁にもたれる。「そして、さらに先へと進んでいる」

「なにしろ上位存在だからな」デジタリス・アウラが作業着の胸ポケットからコメントした。「かれと話をすれば、多くのことがわかるのはまちがいない」

「二度と会わずにすむならうれしいね。あいつ、一度だって礼をいわなかったぜ。〝もうきみは必要ない〟だとさ」

萎えた脚を引きずり、片方だけブーツをはいたまま、ドマシェクはきた道をもどった。がらんどうになり、燃えつきた気分だ。こんど列車がきても、次のアルコーヴに逃げこむことさえできないかもしれない……

# 10

ジェフリー・ワリンジャーは転送機の点検を終えた。これで八回めだ。ぐったり疲れて、レジナルド・ブルにうなずきかける。

ブルがうなずき返した。

言葉による意思疎通はできないが、こみいったことがらも、ふたりなら身ぶりだけで理解し合える。たぶん、長く親密な付き合いのおかげだろう。

ブルは転送機の柱状グリッドにはさまれた空間に目をやった。その表情が硬くなる。どうしてもルナに行き、インポトロニクスのコントロール・ルームに入らなくてはならない。そこから直接ネーサンに話しかければ、ほかの狂ったポジトロニクスがおかしな介入をする余地はない。

ただひとつの危険要素は転送機だった。ワリンジャーがあらゆる技術を駆使して、こちら側とネーサン側の転送機を〝緊急モード〟にセットしたとはいえ、かれほどの天才ハイパー物理学者でさえ、あらゆる未知の異質な力を予防することはできない。

ブルはセラン防護服の耐圧ヘルメットを閉じ、パラトロン・バリアを作動させると、思いきって転送グリッド間の空間に入り、右腕をあげて合図した。

すぐにまわりの世界が消え……瞬時にもとどおりになる。唯一のちがいは、立っているのが同じ場所でなく、三十万キロメートルのかなただということ。

だが、全宇宙からすれば三十万キロメートルなどわずかな距離だ！

あたりを見まわすと、転送サークルを出た。パラトロン・バリアを切り、耐圧ヘルメットを開く。こっそり顔をなでまわして、ひそかに安堵の息をついた。

どうやらレジナルド・ブルのままらしい。

「ネーサン？」と、声をかける。ここなら、どこからでもインポトロニクスに接続できるのだ。

うなり音が聞こえる。大きくなったりちいさくなったり。

胃の具合がおかしくなりそうだ。

「ネーサン、返事してくれ！　ブリーだ！」

「ここにいますよ」声が返ってきた。

「ああ、よかった！」

「ああ、よかったね！」と、ネーサン。

ブルは髪の毛が逆立つのを感じた。

「ふざけるのはやめろ、ネーサン！　深刻《エルンスト》な事態なんだ」

「エルンスト？　エルンストは人の名前ですね？」

「わたしを愚弄《ぐろう》するのか？」

「その言葉はリストにないよ。そんなくだらないことをいうのはだあれ？」

「きみだろう！」ブルは怒りだし、「人類が助けを必要としているってのに、ばかなことをいうんじゃない」

「助け？　天はみずから助ける者を助ける！　天ってだあれ？」

「きみじゃないのはたしかだ。いったいどうした？　わたしがだれだかわかるか？」

「ちっちゃなかわいいブリーでしょ、赤いいがぐり頭の。ねえ、あの子たち、踊ってますよ」

　ブルは無意識に頭をなで、

「あの子たち、踊って……」と、くりかえした。しだいにわかってくる。ネーサンの〝精神レベル〟は子供の段階に低下してしまったのだ。「だれが踊ってるのか、教えてくれるか？」

「いつだって踊ってるふたりですよ。テラとルナ！　いつもいっしょに輪になって、くるくるまわってる！」

「ぷう！」思わずブルの口から出る。

「プー。くまのプーさんですね」と、ネーサン。

「きみはつまり、テラとルナが輪になって踊ってるのを知ってるんだな？」

「見てるもん」

ブルは安堵した。遠方にのびるネーサンのセンサー・システムは、どうやらまだ機能していないらしい。たとえ認識したものを幼児のようにしか表現できないとしても。ハンザ司令部にいては、一日ずっと外界のようすを見ることができなかった。

「わたしにも見せてくれるか？」

「もちろん！　わたしの遊び場にきて！」

ブルは転送機室を出て、本来のネーサン司令センターに向かった。センターは赤みを帯び、非常事態をしめしている。それでもブルがなかに入ると、数台のモニターが次々に明るくなった。

あるモニターには地球と月が実際の縮尺どおりにうつり、べつの一台には太陽系の全体図が表示されている。惑星の周回軌道が色分けされ、大小の球体は各惑星および衛星の現在ポジションをしめしていた。

ブルははっとして立ちすくみ、地球と月のポジションを指さした。

「これはおかしい」

「この子たち、踊ってますよ」と、ネーサン。「列からはみだして踊ってます」

ブルは硬直した。

「ということは、このポジション・データは現実なのか？」と、ささやき声で訊く。

「そうです」ネーサンもささやき返し、「内緒話なんですね。だれにもいいませんよ、ブリー」

「いい子だ！」口ではそう褒めたが、背中を冷たいものがはしる。「つまり、地球と月は太陽をめぐる軌道をはずれてるわけだな。今後はどうなる？」

「もっと速くなって、もっともっと遠くなります」

「なんということだ！　しかし、なぜ？　ネーサン、原因はわかるか？」

「原因？」

「なぜ、テラとルナは恒星間宇宙をさまよってるんだ？」

「さまよってる」インポトロニクスは味わうようにくりかえし、「かわいい言葉ですね。テラとルナは虫とり網に捕まって、引っ張られてるんです」

ブルは髪を掻きむしった。

「虫とり網ってのは？」

ちいさな笑い声がした。

「たとえ話ですよ、いがぐり頭さん」そこでネーサンの声の調子がいきなり変わり、不安をたたえて叫んだ。「深い深い穴です。たちの悪い穴！　テラとルナはそこへ落ちてしまいます」

「ようやくまともなことをいったな」ブルはきっぱりと、「前哨基地やLFT艦隊に連絡はつけたか?」

「前哨基地はやられちゃったんです。でも、わたしの弟たちを送りだしました。その子たちが……えっと、えっと……」

「同じく混乱におちいる前に、か?」ブルがつけくわえる。ネーサンが〝弟たち〟といったのは、LFT艦隊の全艦船に搭載されたポジトロニクスのことらしい。「かれら全員を送りだしたのだな?」

「弟ぜんぶです」と、インポトロニクス。「ブリー、早く帰って! ここまではなんとかもちこたえたけど、またあらたな波が近づいてる。なにか恐いものがやってくるよ。帰れるうちに、早く帰って!」

「わかった。助かったぞ、ネーサン!」

ブルは走りながら耐圧ヘルメットを閉じ、パラトロン・バリアを展開して、転送グリッド間に入った。ワリンジャーの遠隔操作プログラムが自動的に作動する。

受け入れステーションに実体化すると同時に、文字どおりカタパルトで射出されたごとく、外に飛びだす。

危機一髪だった。

背後で音もなく放電が起こり、それが終わると転送グリッドが消滅したのだ。だが、ブルはそれに気づかなかった。振り向きもせず、目をむいて前方を凝視していたから。

「まさか、こんなことがあるとは!」と、ささやく。

「いやいや、あるんですよ」ブリーを出迎えたワリンジャーのせりふだ。

「ちがう、きみのうしろだ!」

パラトロン・バリアを切るあいだにブルは気をとりなおし、目の前にある鋼製の壁をじっと見た。そこをゆっくりと抜けて、奇妙な男があらわれたのである。

最初は知っている相手に見えた。一瞬、ペリー・ローダンではないかと思ったくらいだ。だが、しだいに姿かたちがあらわれてくると、まったく見たことのない男だとわかった。

角張った顔の表情はきびしいが、その顔にも髪にも色がない。人間のように見えなくもなかっただろう……もし、黒い眼球と白い瞳の持ち主でなく、壁を抜けてあらわれたりしなかったなら。

「ふむ!」と、ワリンジャー。

ブルはにやりとした。ジェフリーも自分も、めったなことでは驚かされない。

「ハロー!」と、声をかける。「こちらはジェフリー・ワリンジャーで……わたしはレジナルド・ブル。言葉が通じるといいのだが」

異人はメランコリックな笑みを浮かべ、こういった。

「わたしのそばではバベル・シンドロームの心配はない。わが名はチュトン。レジナルド・ブル、きみに警告するためにきた。バベル・シンドロームはじきに終わるが、ここからすべてがはじまる。ヴィシュナが陰で糸を引いているのだ」

「やはりそうか！　よくきてくれた、チュトン！　どこからきたのかね？」ブルはそういうと、目を細めて、「どうもきみは消えかかっているように見えるが」

「わたしは四次元性の影なのだ」チュトンが答える。「どこからきたか説明すると話が長くなる。いまはもっと重要なことがある。ヴィシュナは地球を強奪し、人類を奴隷化あるいは殲滅《せんめつ》するつもりだ。テラとルナが〝グレイの回廊〟に墜落すれば、バベル・シンドロームは終わる。テラ・ルナ捕獲作戦が適切な防衛処置によって阻止されないようにする、という目的が達成されるからだ」

「われわれになにができる？」ワリンジャーが訊いた。

「なにも。グレイの回廊への墜落は避けられない。もはや食いとめるには遅すぎる。人工太陽を作動させ、きみらを待ち受ける次の災厄……〝七つの災い〟のふたつめにそなえるしかない。ひとつめがバベル・シンドロームだが、これはいちばん害のない災いといえる」

ブルは大きく息をつき、本質的なことだけに集中しようとした。

「次の災いはどこからくるのだ、チュトン？」と、急きこんで訊く。

「なにごとにも潮時というものがある。なんとかしてきみらを助けるつもりだが、原因と結果を入れ替えることは、わたしにもできない」

そういうと、異形の者は踵《きびす》を返し、ふたたび壁のなかに消えた。

「たまげたな！」ブルは思わずもらした。「四次元性の影か！　ジェフ、あとで説明してくれ。いまはやることがある。仕事にかかるぞ！」

＊

ラッセル・ドマシェクはクレスト公園の中央でタクシー・グライダーを降りた。ここからは徒歩でコミュニケーション・センターに行こうと思って。

音もなく浮遊して去るグライダーを見送り、そのまま空を見つめた。人工太陽がしだいに暗くなっていく。テラのこの地域に夜時間がくるのだ。

地球文明は驚くべき速さでバベル・シンドロームとその影響から立ちなおった。三日のあいだに道路はかたづき、地震で壊れた建物は修理され、ほとんどのグライダーはふたたび飛行可能になった。ただ、死んだ人々は生き返らない。

そして、空は不気味な変化を遂げた。

星々はなく、くすんだグレイの面にスペクトルのあらゆる色の縞模様《しま》がはしっている。

だが、不気味な理由はそれだけではない。はてしなくひろがっているはずの宇宙空間が、恐ろしくくせまいのだ。月がそこにあることだけが唯一のなぐさめだった。

テラとルナが一種のメタグラヴ・ヴォーテックスに落ちたのち〝グレイの回廊〟に押し流されたことは、もう周知の事実だ。それをしくんだのがヴィシュナだということも。バベル・シンドロームがおさまったあと、レジナルド・ブルから説明があった。

それでも人々の暮らしはほぼ通常どおりに進んでいる。他文明との接触がまったくなくなったのだから、完全に通常どおりというわけではないが。まだ使える数すくない宇宙船で実験してみたところ、グレイの回廊の壁を内側から突破するのは不可能とわかった。回廊の境界まで飛行することもできない。そこに到達すれば、この不気味な微小宇宙から脱出する方法が見つかるかもしれないのだが。

ドマシェクはため息をつき、のろのろ歩きはじめた。

ブルによれば、地球人類はあと六つの災いに直面することになるという。それはどこからやってくるのだろう。ローダンの代行でさえ知らないのだ。チュトンもなんら情報をあたえられなかったとみえる。あるいは、あたえたくなかったのか。

だが、バベル・シンドロームのことを思い起こせば、どれほど恐ろしい災いかは予測できる。

ドマシェクはチュトンと別れてあちこちさまよったあと、バベル・シンドロームが終わってから、痛めた足の治療を医療ステーションで受けた。そのあいだにデジタリス・アウラは供給グライダーに乗り、ひとりでガーナルに帰っていた。

それがほんの三日前の出来ごとである。気がつけば、きょうは十二月二十六日。クリスマスは終わってしまった。ほとんどの人は、パーティを開くこともお祝い気分になることもなかっただろう。

ドマシェクはあきらめのしぐさをする。

ガーナルでもクリスマス・パーティは開催されなかったけど、それがどうした！　どうせ地球外生命体にとってクリスマスはなんの意味もない。クリパー委員会なんかくそくらえだ。もともとレルレイ・ニュトリュンのことは好きじゃなかった。一万一千ギャラクス、たとえ裁判沙汰になってもとりもどすぞ。そして、あのぼったくりサロンを閉鎖に追いこんでやる。

そこでドマシェクは立ちどまり、コミュニケーション・センターの正面玄関に着いたとわかってびっくりした。かなり急いで歩いたにちがいない。まずはオフィスが万事ちゃんとなっているか確認したあと、家に帰ろう。それからヘルツィナを呼びだそうか、あるいはやめようか。

玄関に向かうと、扉が自動的に開いた。数歩進んだところで、当惑してロビーに立ちつくす。

音楽？

大宴会場のドアが半開きになり、そこから歌声が聞こえていた。だが、いまはしずまりかえっている。あやしい。だれかが許可なく騒いでいるのか？　ドマシェクは憤然とロビーを歩きだし、大宴会場のドアを勢いよく開け……そこでふたたび立ちつくした。

ホールの壁は赤と白の花環で飾りつけられ、テーブルにはきれいにクロスがかかっている。その前で椅子にすわっているのは数百名の地球外生命体だ。ドマシェクの姿を見て、いっせいに立ちあがった。

グリーンのビロードを敷いたステージの上に、宇宙船のポジションライトが細長いピラミッド形に積まれ、きらきら光っている。クリスマス・ツリーだ。

ヘルツィナ・クースの姿があった。ラダク・テルトラ、レルレイ・ニュトリュン、セプタル・グリール……台座の上にデジタリス・アウラもいる。ブルー族が声を張りあげた。

「クリスマスおめでとう、親愛なるラッセル！」

かれの合図で、全員が歌いはじめた……『宇宙船はすてきなプレゼント』のクリスマス・ソングを。

# ゴースト・テラ

エルンスト・ヴルチェク

登場人物

ロワ・ダントン……………………ローダンの息子
デメテル……………………………ダントンの妻
タウレク……………………………彼岸からきた男
ブラッドリー・
　　　フォン・クサンテン………《ラカル・ウールヴァ》艦長
アスコ・チポン……………………同乗員。動作学者
ガルト・アロンツ…………………テラナー。盗賊団のリーダー格
オルソ………………………………テラナー。ガルトの弟分
ヤンコプル…………………………スプリンガーの族長。ガルトの腹心のひとり
オルメナー…………………………ウニト人。ガルトの腹心のひとり
タニヤ・オイッカ…………………疑似地球の住人

# 1

「地球よ、ただいま！」

《ラカル・ウールヴァ》はこの通信をもって太陽系への進入飛行を予告した。身元確認のためだけでなく、地球にのこった人々に帰還をよろこんでもらい、ふさわしい出迎えをしてほしいという意図もある。

ブラッドリー・フォン・クサンテン艦長以下、《ダン・ピコット》のメンバーをふくむ乗員たち、ロワ・ダントンとデメテル夫妻、そしてタウレク……みな、一カ月近く旅をしてきたのだから。

《ラカル・ウールヴァ》はNGZ四二六年三月十日、銀河系船団の二万隻とともに、三千万光年かなたのフロストルービンに向けて出発したもの。そこで無限アルマダと遭遇し、ともにフロストルービンを抜けてM－82銀河へ到達したとたん、ばらばらになってしまった。紙吹雪《ふぶき》をまいたごとく、全艦船が未知銀河じゅうに散らばったのだ。

それまで一船団を形成していた二万隻は分散され、各自で行動することになる。十二月はじめまでその状態がつづいたが、ソールドックの四恒星帝国に存在する巨大標識灯のおかげでようやく再集結できた。

ほぼ全勢力がふたたび集まったところで、地球で待つ人々にM－82銀河の状況を伝えるため、一千万光年の距離を超えて故郷銀河に伝令部隊を送る運びとなった。

伝令部隊としてペリー・ローダンが選んだのは、ブラッドリー・フォン・クサンテンひきいる《ラカル・ウールヴァ》だ。このギャラクシス級戦艦なら、もっとも速く地球までの距離をこなし、三つの究極の謎を解くさらなる手がかりをつかんだことと、セト＝アポフィスが沈黙しているという情報を伝えられる。

艦が四恒星帝国を出発したのが十二月十日。それから三週間のあいだ退屈な航行がつづき、目的地に着くのは年が明けて二日めの予定だ。乗員たちにとり、新年のはじまりは目前に迫る帰郷の合図でもあった。

このあいだに故郷に問題が生じていたとは、だれひとり思っていなかった。

「あと二日！」

かれらはそういって、故郷銀河に〝そう遠くない〟ポジションで新年を祝い、カウントダウンをはじめた。通常空間に復帰するまでの数分間が待ちきれない。

そして、ついに銀河系に到達。太陽系へと亜光速で進入したのだ。

「地球よ、ただいま！」

応答がない。

この瞬間まで、艦内の雰囲気は陶酔の極致に達していた。最初の探知結果では太陽系にとくに変化は見られなかったから。なにもかも、もとのままだった。むろん、それが当然だと思っていた。

なのに、なぜ？

「眠っているのか？」ブラッドリー・フォン・クサンテンがいぶかしむ。ロワ・ダントンもふざけて、

「直径二千五百メートルの巨大艦だから、つい見逃してしまったのだろう。太陽系はよほど宇宙船の往来がはげしいとみえる！」

「宇宙船の往来？」と、探知士が、「こちらで認識できるかぎり、惑星間にはコグ船一隻いませんよ」

「そんなはずはない！」

「わたしもおかしいと思います。何度も何度も通信インパルスを送っているのに、まったく反応がないとは」通信士のコメントだ。

「なにが起こったのだろう？」ロワ・ダントンの言葉が司令室内に一石を投じた。ＬＦ

Tの旗艦《ラカル・ウールヴァ》ほどの巨大宇宙船が進入しても無反応とは、由々しき事態にちがいない。

乗員男女は打ちのめされ、艦内の雰囲気が一変する。完全な通信途絶と宇宙船の行き来がまったくないことに、だれもが衝撃を受けていた。最初にこれを知ったあと、ようやくいま、太陽系が死に絶えたようだという事実が意識にしみこんできたのだ。

「きっと単純な話よ」デメテルがいうが、夫を見る目は自信なさげである。「なんてことない理由じゃないかしら。緊急事態にそなえた大規模実験をしているとか……」

無意味なことをいったとわかり、そこで口をつぐむ。彼女自身、なにか希望的観測を口にしたかったのだ。

太陽系の総人口は百十五億を超える。地球だけでも百五億名。テラには技術が集中しており、生命が脈動し、文字どおりエネルギーに満ちあふれている。このちいさな惑星がどれほどの力を秘めているかを考慮すれば、それがストップするなどありえないとわかるだろう。

「テラへのコースを維持せよ」ブラッドリー・フォン・クサンテンは命令し、こうつけくわえた。「ただし、速度は落とせ」

《ラカル・ウールヴァ》はいつのまにか火星の周回軌道を過ぎていたが、やはり一隻の宇宙船も探知できなかった。

通信途絶はまだつづいている。

「われわれを歓迎しようと、なにか特別なことを思いついたのかも」だれかがロワのうしろでいった。「すべては出迎えのための演出かもしれません。地球大気圏に入ったら、ファンファーレが鳴りひびくんじゃないですか」

「あまりにすてきすぎて、本当とは思えないな」

「だったら、ほかにどういう説明がありますす？」

ない。すくなくとも、現実的な説明はまったく。地球と月はまるで死に絶えたようだ。いまやこの二天体に集中して探知しているが、そこから……いや、全太陽系から……生命がすべて消えたとしか考えられない。しかし、百五億の人類はなぜ故郷惑星を去ったのか？　わずかな手がかりも、ヒントになるような情報も、なにひとつのこさずに。

なにが起こったにせよ、人類が太陽系をあとにするにあたっては、すくなくともロボットステーションに相応のプログラミングをしているだろう。そこに問い合わせれば、こうした処置に関する背景情報が転送されるはずだが。

しかし、なにをどうこねくりまわして考えても、すべては非現実的で意味のないことに思える。こうして、巨大艦での議論や推測もいきづまってしまった。そもそも、議論したり推測したりする内容がない。地球と月に住む人類は、まるで虚無に消えたようであった。

これについて、なにを話し合えばいいのだ？

責任ある関連部署すべてにコンタクトしてみた。ハンザ司令部、《ラカル・ウールヴァ》が所属する自由テラナー連盟、GAVÖK……もちろん、ネーサンにも。だが、あれこれ呼びかけてみても、地球の技術神経中枢である月のインポトロニクスはまったく反応しない。

ついにロワ・ダントンはこのうえなく狼狽《ろうばい》して、

「ネーサンが応答しないということは、テラの生存基盤が断ち切られたも同然だ」

必死でさまざまなコンタクトを試みる司令室には、活気めいたものが満ちていた。だが、それは見かけだけのこと。ルーチン作業にいそしむ技術要員たちは、実際はわけもわからずぼうっとしている。

「こうなると、わたしは知っていた」と、背後で声がした。まるで、わが意を得たりというように。「わかっていたのだ」

*

ロワ・ダントンは振り返り、そばかすのある角張った顔を見た。猛獣の黄色い目は、あとからとってつけたように見える。

「まさか、帰ってきたらこのような状況だと知っていたのか、タウレク？」と、ロワはいった。「もしそうなら、警告しておいてもらいたかった」

タウレクは悠然とかぶりを振った。どこかいわくありげでいたずらっぽい感じだが、なにかを憂えているようでもある。

「知っていたというのは、自分がM-82でよりも銀河系で必要とされていることについてだ。その感覚はまちがっていなかった」

「あなたの感覚はなにを告げているんです、タウレク?」ブラッドリー・フォン・クサンテンが耳ざとく訊いた。

「ああ、いくつかある」と、コスモクラートの使者。どうやらかれは艦内でただひとり、見捨てられた太陽系の姿にショックを受けていないらしい。ここがかれの故郷でないこと、なんの結びつきも持たないことだけが理由ではなく、この状況じたいを深刻なものと感じていないようだ。

すこし間をおいて、つづけた。

「きみらはこれまで、わかりやすい説明のみを探しもとめ、型どおりの調査で充分だと考えてきた。だが、今後はもっと真相究明の努力をしなくては。状況は非常にこみいっており厄介なため、理性でわかろうとしてもだめだ。思考や論理は役にたたず、コンピュータにも予測は不可能。とにかく行動しかない。行動あるのみ」

「なにか提案があるのか?」ロワが訊く。

「ない。あらゆることをやりつくし、もうお手あげだとなれば、調査コマンドを送りだす以外に策はないだろう。いずれにせよ、それは避けて通れまい。わたしは第一調査隊にくわえてもらう」

「そんな話は時期尚早《しょうそう》では」と、ブラッドリー。

「だが、まちがいなく時期はくるぞ」

「自分でいった以上に多くを知っている口ぶりだな」ロワは非難がましくいった。「われわれの知らないことがあるなら、話すのがフェアではないか」

「わたしもきみら同様、この状況にはとまどっている」タウレクはいいかえし、ロワの目をじっと見た。「ただ、非理性的で説明のつかないことがらに対してすこしうまく対処できるというだけだ。すでに頭のなかではテラにいて、現場で状況調査をしている」

「あなたならいつでも《シゼル》でスタートできるだろう」

「まあね。だが、そう急ぎはしない。きみらに先がけたくはないので」

　そんな理由は信じられないといいたげなロワの視線に対し、タウレクは笑みを浮かべただけで、それ以上なにもいわずに踵《きびす》を返した。〝かれ、なにかかくしてるわ〟と、デメテルの声が背中に聞こえたが、それも無視する。

　デメテルのいうことは当たっていた。こちらの躊躇《ちゅうちょ》をまちがって解釈してはいるが。かれの行動理由をわずかでも推測することさえ、彼女にはできないだろう。じつはタウレク自身、はっきりわからないのだから。

ただ、すぐ《シゼル》に飛び乗って地球へ向かわない理由のひとつが、ひとりの若者にあるのはたしかだ。その男はいま、用もないのに司令室内をうろついている。

かれの名前はアスコ・チポン。外見が八十歳を超えているタウレクと同様にスポーツマンタイプだ。髪も同じく赤毛だが、アスコのほうがかなり長い。顔を知っている程度の間柄とはいえ、聞いたところによると、この若者は《ラカル・ウールヴァ》のなかで、いわば宮廷道化師《どうけし》のような特権的自由を得ているらしい。

タウレクがこの男を知ったいきさつは非常に奇妙なものであった。そのさい、ひと言もかわさなかったのだが。

銀河系への航行中だった十日前のあるとき、それまで名前すら知らなかったこの若い男と、タウレクは談話室でふたりきりになった。

男がこちらをちらちら盗み見ていたが、そのときはなんとも思わなかった。人々が口をぽかんと開けて自分を見るのには慣れている。なんといってもコスモクラートの使者だし……両目がありながら〝ひとつ目〟と自称し、ささやく服を着ているのだから。

ところがじきに、この男が自分をただ観察しているのではないと気づいた。動作をまねているのだ。それも、完全な一致をめざすかのように、表情まで似せている。

はじめは男の行動に意味があるとは考えられず、自分の勘ちがいかと思った。しかし、ためしにわざと目立つしぐさをすると……椅子から立ちあがり、しなをつくって室内を横切り、しかめっ面までして……それも若者はすべて猿まねするではないか。やがて、タウレクの意図がわかったのか、了解したと合図するかのごとく、あからさまに同じ動作をする。

だれもこなかったら、若者はこの遊びをずっとつづけていただろう。だが、人に見られるのはまっぴららしく、一乗員が入ってきたとたん、談話室を出ていった。

タウレクはかれの名をブラッドリー・フォン・クサンテンにたずねた。奇妙な出会いのいきさつを語ってみせると、艦長は、

「ああ、アスコ・チポンですな。また妙なことをするようなら、あなたは自分の額をたたいてみせるといい。頭がおかしいんじゃないか、という意味ですよ。かれも理解して、もう関わってこないでしょう」

タウレクはこのアドバイスにしたがわなかったが、それ以上アスコについて聞きだしもしなかった。この若者がどういう人物なのか、自分で調べようと決心したのだ。興味がある。それはおそらく、アスコが変わり者だと思われているせいだろう。これほど同質の乗員たちのなかにいて、異人のようにあつかわれているとは。

## 2

《ラカル・ウールヴァ》は地球の軌道に入り、人工衛星網をつらぬいてはしる周回ルートに乗った。テラはいまだに沈黙している。そればかりか、どの人工衛星からも標識灯が発せられない。《ラカル・ウールヴァ》のほうで各衛星のポジションを把握しているからいいようなものの、そうでなければ早晩、衝突は避けられなかっただろう。

「やっぱりどこかおかしい」と、ブラッドリー・フォン・クサンテンがいう。「なぜ、ロボット軌道ステーションの誘導がないのだ？　多くの人工衛星が探知されているのに、どれにもエネルギー活動が見られない」

その言葉はアスコ・チポンの耳にも入ってきた。だが、乗員たちが大騒ぎし驚愕している内容は、かれにはどうでもいい。ひたすらほかの者たちの反応を観察することだけに熱中し、あとはなにもしていなかった。

もちろん、地球の状況に対してまったく平気でいられるほど無感情なわけではないが、任務に集中していると片手間にしか考えられなくなる。アスコはこの状況における他者のふるまいを観察していた。司令室にいる男女の表情からはさまざまな感情の動きが読みとれる……不安、心もとなさ、恐怖、理解不能、などなど。それらを目に焼きつけた。

気をそらされることなく観察をつづけ、結果を記録する。なにごともないかのように。ところが実際は、なにかがある。そのおかげで、司令室じゅうにセットしてある録画装置にも集中できない。

それはタウレクの視線であった。かれがひそかにこちらを観察しているのを、見逃すことはできない。アスコはおちつかなくなった。外からはわからないと思うが。

突然、タウレクが全注意を向けてきたことに気づく。こちらに向きなおっている。

ブラッドリー・フォン・クサンテンの命令で、地球表面の観測がおこなわれていた。拡大映像を調べて生命の徴候を探し、超精密機器を使って動的エネルギー源を探索する。テラ地表のどこかでなにかが動けば、運動エネルギーが生じるだろう。これを測定しようという試みだ。

「あとは調査コマンドを送りだすしかないな」ロワ・ダントンの声がした。

「だから、わたしがいったではないか！」と、タウレク。その声はすぐ近くから聞こえたが、アスコは一探知士の顔がうつるモニターにじっと目をやっていた。とはいえ、その表情からなにが読みとれたか、語ることはできなかっただろう。そのとき、うしろからタウレクがこういった。「そこでなにをしている？」

アスコは振り向き、笑みを浮かべた。かれにはコンプレックスなどないし、自信満々をよそおっているが、それでもタウレクを目の前にすると気おくれする。なんといってもコスモクラートの使者なのだから!

「乗員たちのふるまいを観察しています」と、答えた。

「ほかにやることがないようだが」

「そうです」アスコはそう応じ、しだいに気おくれがなくなるのを感じた。リモコンで録画装置のひとつを自分に向ける。あとで記録を見られるように。こうした自己分析はなにより有益なのだ。「十カ月前、フロストルービンめざして出発したときからずっと、この行動研究に従事しています」

「目的は?」

「本当にそんなこと知りたいんですか?」

「どうやら、わたしもきみの研究対象らしいからな。それとも、あのパントマイム遊びはこれと無関係なのか?」

アスコは時間を稼ぐため、いまのなりゆきに気をとられているふりをした。遠距離観測の結果でも地球表面のようすは変わらない。見たところ、テラは自分たちが出発したときのままである。著名な人口密集地や大都会、自然保護区域、技術の粋を集めたモニュメントなどを擁する、高度に技術化された惑星だ。

破壊の跡や重大な変化をしめすような徴候はまったくなかった。地上は平和で、同時に孤独な印象をあたえる。どこにも人間の息づかいが見られず、エネルギー活動もないのだ。ここ軌道からだと技術施設は無傷に見えるが、動いていない。まるで、すべての文明設備が……デメテルいわく……〝眠り姫〟の状態にあるかのようだ。

「そんなことをしても謎は解けないぞ」タウレクがアスコにいう。「遠距離観測の結果を見たところで、消えた人類の秘密はますます大きくなるだけだ。だから、興味があるふりをする必要はない、アスコ。それとも、わたしと話すのを避けたいのか？　だいたい、きみはなにをしているのだ？」

「わたしの名前をご存じなら、なにが専門分野かも聞いたのではありませんか」

「聞いていない。だれかを知るには、その人物の自己表現から判断するほうが好きなのでね」

アスコは笑みを浮かべ、

「わたしも同じですよ。専門は動作学でして」

「それがからだの動きとどう関係するのだ？　きみはパントマイマーか？」

「動作学というのは、言語を介さずに相手を理解するための科学なのです」と、説明した。「しぐさや身ぶりなど、一般に身体言語と呼ばれるものだけで意思疎通は可能だというのが前提です。テレパシーのような超能力は必要ありません。動作学がとくに重要となるのは、異生命体とのやりとりにおいてですね。トランスレーターで充分に訳しきれないような言語を相手が話す場合でも、動作学を使えば多くのことがわかる。この学問は、他者の内面を解明する鍵なのです」

タウレクは高らかに笑った。

「わたしの理解が正しいとすれば、きみはパントマイムによってわが内面を研究しているわけか？　そんな理由でわたしの猿まねをしたのか？」

アスコは当惑する。相手が哄笑《こうしょう》したことで、からかわれたと感じたのだ。

「そんな顔するな」タウレクはなだめるように、「まじめな話、きみがどこまで到達したのか聞いてみたい。わたしに対して遠慮はないな？　では、わが内面はどういうものだった？」

冗談めかしているが、それは表面上だけだ。タウレクの目は、この話への多大なる興味を伝えている。

だがアスコが口を開く前に、タウレクはロワ・ダントンに呼びだされた。虎の目を持つ自称〝ひとつ目〟は、アスコに詫びるようなしぐさをすると、ダントンのもとへ行った。

「ルナとテラの重要拠点に調査コマンドを送ることにした」と、ローダンの息子。「デメテルとわたしはハンザ司令部に向かうコマンドに同行する。そこなら、いちばん早く

は答えた。

「わたしは《シゼル》で追う。機動性を確保しておきたいので」コスモクラートの使者

事情がわかるだろう。いっしょに行くかね、タウレク？」

「理由があってのことか？」ダントンは不審げにたずねた。「どうも、なにかかくして

いるという感じをぬぐえない」

「それが地球住民の消滅に関係すると思っているのだな」タウレクは笑い声をあげ、

「はっきりさせたいなら、アスコ・チポンを全面的に信頼して問い合わせるといい。あ

の若者、わたしのことはお見通しらしいぞ」

「あなたもアスコもちょっと変わっているから、いいコンビになりますよ」ブラッドリ

ー・フォン・クサンテンが口をはさむ。

「わたしもかれにそういおうと思っていたところだ」タウレクは平然と応じ、「艦から

連れだしてもかまわないか？」

「いいですな。厄介ばらいできる」と、《ラカル・ウールヴァ》艦長。「アスコがいる

と乗員の気が散って、いらいらしてしまうんです。連れてってください」

「わかった。よければ《シゼル》に乗せよう」タウレクはあっさりいうと、ダントンに

向きなおり、「きみとデメテルが乗る搭載艇のあとにつづくことにする」

アスコはかれらの会話を追っていた。興奮が高まる。タウレクが自分を同行者に選ん

だなんて信じられない。〝ひとつ目〟が問うようにこちらを見たので、黙ってうなずいたが、そんなことをする必要もなかっただろう。自分に心の準備ができていることは、表情から読みとれたはず。

これこそ、動作学だ。理想とするイメージにかなり近い。そう思ったアスコは一瞬、おのれを恥じた。地球人類の運命よりもタウレクの感情分析のほうが気になっている自分に気づいたから。

当然ながらその理由は、アスコが人類消滅と思える状況に対してポジティヴな見通しを持っているからだ……ほかの可能性など考えられない。いっぽう、コスモクラートの使者を間近に観察できるという、こんなチャンスは二度とないのである。

＊

総計でコルヴェット十隻とスペース＝ジェット二十隻がルナおよびテラの重要拠点に飛ぶことになった。デメテルとロワ・ダントンは乗員四人とともに、ちいさめのスペース＝ジェットに乗りこむ。

アスコ・チポンは大急ぎで録画装置をひとつだけ用意した。小型だが、データ記憶容量は充分だ。

《シゼル》を見かけたことはあるものの、全長八十メートル、直径十メートルの飛翔パイプの〝乗員〟になるのだと考えると、多少の興奮をおぼえる。タウレクについていき、鞍《くら》に似たシートがあるプラットフォームに向かった。スタートの合図が出る。機が格納庫エアロックを通過し、宇宙空間に滑りだすと、アスコは不思議な気分になった。

透明なエネルギー・バリアのみで真空から守られている乗り物なんて、はじめての体験だ。タウレクはダントンのスペース＝ジェットを追尾するべく操縦ピラミッドのオートパイロットをプログラミングすると、あとはなにもしていない。

《ラカル・ウールヴァ》からやっと数キロメートルはなれたかというとき、センセーショナルな報告が二件、つづけざまに入ってきた。

ひとつめは地表の拡大映像から判明したことだが、地球に動物がいるという……それも、太古の多様性をたもったまま。いいかえると、この地球には動物たちが、いまだ数の減少もなんらかの変異もない状態で生息しているのだ。ただ、知性体だけがまったく発見できない。

ふたつめの報告は、詳細探知の結果、同じような種類のエネルギー源がいくつか見られたというものだ。しかも、どういう類《たぐ》いのエネルギーなのか、正確には分析できない。だれかが〝メンタル振動を持つ転送フィールド〟のようだといったが、これではちゃんとした科学用語といえず、想像の余地がありすぎる。実際、まったく矛盾する推論もいくつか出てきた。

そのひとつはロワ・ダントンがいいだしたものだ。タウレクに通信連絡してきて、「転送機だ！」と、声を張りあげる。「地球住民が消えて動物世界になっている理由はそれかもしれない。なにか理由があって、全人類が転送機で宇宙船へと移動し、太陽系をあとにしたのだろう。そう考えると、艦船の行き来がまったくないのも説明できる。問題は、テラナーがいかなる脅威から逃げだしたのかという点だけだ。この仮説をどう思う、タウレク？」

「わかりやすいし、非論理的ともいえない」と、コスモクラートの使者。「だが、真実はそれほど単純ではないだろう」

「いったいなにをかくしているのだ、タウレク？」

この質問に、コスモクラートの使者は高笑いで答える。

つづいて、さらなる報告が入ってきた。コンピュータの最終計算から、数千の転送機が地球上に分散し、例の奇妙なエネルギーを吸いあげていることが判明したのである。だが、このエネルギーの組成については、まだわからない。

微弱なエネルギー源なので、遠距離からの分析は無理だとダントンはいう。これに対しタウレクは、この未知エネルギー形態を調査できる技術手段を人類が持たないだけではないかと反論。

「あなたはそうした手段を持っていると思ってよさそうだな」ダントンが応じた。「なにか、われわれにかくしている成果があったのだろう？　説明してくれ」

「そんなこと、試みてもいない」タウレクはあっさりいうと、アスコに目くばせした。

動作学者がつけくわえる。

「わたしが請けあいます。タウレクはまったくなにもしていません」

これで通信は終了し、タウレクは接続を切った。

「さて、話のつづきにもどろう。どこまでいったっけ？」そう訊き、自分で答える。

「ああそうだ、動作学を用いてわたしのなにがわかったか、ということだったな」

アスコは長く考えることなく口を開いた。

「あなたの言動は基本的にすべて演技です。いまの外見どおりでもなければ、そう見せようとしているような性格でもない。真の姿は、ペルソナの……つくられた外的側面の背後にかくれています」

「それは秘密でもなんでもないぞ」タウレクはおもしろがっているようだ。「わたしが他者の姿を借りて出現したことは周知の事実だ。とはいえ、いつしか自分の肉体のようになじんできたが」

「その肉体の軛《くびき》から逃れられないと思っているようですが、もしかしたら、逃れたくないのではありませんか。なじんできただけではなく、いとおしく感じてもいる。それでもやはり、あなたがその肉体を使ってする動きやしぐさはすべて、あとから学習したものです。あなたはあるタイプの人物ではなく、その人物を演じているだけだ」

「わたしのことをお見通しらしいな、若いの。きみはいくつだ？」

「二十五歳、《ラカル・ウールヴァ》では最年少です。ただ、わたしがいくつだとしても、あなたのほうが十万倍は長く生きているはず。なのに、どうしてそれほど憂鬱そうなのですか、タウレク？」

アスコは〝ひとつ目〟の角張った顔をじっと見つめるが、相手はこの予期せぬ質問にも反応しなかった。まったく自制を失っていない。しかし動作学者にとっては、タウレクの無反応こそが多くを物語るといえた。

「きみより長く生きた十万年のあいだ、わたしは地獄ですごしてきた」これが、憂鬱の理由を問われたことへの答えだった。「自分の年齢の半分も生きていない。それがシュプールとしてのこっているのだ」

アスコはかぶりを振った。

「それだけではないはずです。前にわたしの猿まねの目的を訊かれましたね。お答えしましょう。もちろん、あなたの注意を引きたい気持ちはありました。それには成功したわけですが」タウレクがにやりとする。若者はつづけた。「ただ、目的はほかにもありました。コスモクラートの使者の動きをそっくりまねすることで、その魂のなかに忍びこもうとしたのです。あなたはわたしの遊びにつきあってくれた。なぜだろう、と、わたしは考えました。あなたのような性質と出自を持つ存在が、この状況でなにを感じているのだろう、と。こちらをはるかに凌駕《りょうが》する上位存在のタウレクが、わたしの幼稚なゲームに乗ってきたのはどうしてか？　そこから動作学者として、興味深い結論を導きだしたのです」

「だんだんきみが薄気味悪くなってきたよ、アスコ」タウレクは用心深く、「ひとつには、われわれの外見に共通点が見られるせいだな」

アスコは笑みを浮かべて目をぱちぱちさせる。

「わたしの赤毛のことですね。本当はブロンドなんですが、あなたが《ラカル・ウールヴァ》に乗艦してきたとき、自分で染めました。あともうひとつ、いいたいことがあります」

タウレクは言葉のつづきを待ったが、相手がなにもいわないので、そちらを向き……驚愕する。目の前にあるのは知らない顔だった。アスコらしさを思いださせるものがどこにもない。凝視すればするほど、まるで鏡をのぞいているような気になってくる。

最初、この鏡は曇っていてほとんど見えず、本質的な特徴がぼんやりわかるだけだった。だが、しだいに鏡はくっきりと像を結びはじめ、やがて、この若者の顔の奥深くに刻まれた多彩な感情や知覚をそのままの状態でうつしだすようになる……いわば、皮膚の下にかくれていたものを。

顔のいちばん上の層にあるのは、あらゆる外的影響から身を守るための平静さだ。だが、その層を突きぬけて、抑圧された不安や心もとない感情が浮かんでは消え、また燃えあがる。いま燃えているのは、憎しみ、怒り、憤《いきどお》り、痛み、無力さの炎だ。それでもまばたきすると炎は消え、魂の地平における無限の虚無にほうりだされるのだった。

タウレクはおののいて後退した。すると、目の前にはふたたび、あけっぴろげな若者の顔があるだけだ。ためすようにこちらを見ている。タウレクは、おのれの性格をアスコがこれほど的確に表現できたことでおちつかない気分になり、しばし考えこんだ。だが最後には、相手がこちらの感情を比類なき正確さで模倣できるとしても、その原因にまでは思いいたるまいと結論する。

この不足部分について釈明するかのように、アスコはいった。

「あなたの真の自我を知ることはだれにもできないと思います、タウレク。なぜなら、あなた自身がそれを知らないからです」

「なにがしかの真実はあるな」タウレクは笑いながら応じた。おちつかない気分はもう消えている。この奇妙な男によって不安にさせられたのは、ほんの短時間だった。「さて、喫緊《きっきん》の話題にとりくもう。下にテラニアが見えてきた」

「そのとおり」ロワ・ダントンが通信してきた。「ハンザ司令部に飛ぶぞ。飛翔パイプでついてきてくれ」

＊

眼下にひろがるテラの首都を見て、アスコ・チポンは驚いた。まるで模型というか、静止状態のホログラムのような印象だ。建物、緑地、その他の施設がすべて小ぎれいにおさまっている。ただ人間だけがいない。生活の鼓動といったものは感じられなかった。《シゼル》はスペース＝ジェットの航跡を追って無人の道路が連なる上を滑空し、だれもいない公園や見捨てられた広場を通過する。すべてはまっさらで、文字どおり無菌状態のようだった。ごみひとつ落ちておらず、だれかが忘れていったものもなく……

アスコはテラナーの脱出行のもようを頭に描いてみた。転送機の用意ができたのでそこへ向かうよう、地球人類のもとに連絡がくる。道路や広場は建物から出てきた人々であふれかえっている。それでもパニックやカオスが生じることはなく、すべては秩序正しく進められるだろう。だれもが自分の財産をいくつか手にしているが、比較的ちいさめでどうしても必要なものにかぎられる。つまり、ほとんどのものはそのまま、がらくたのように捨て置かれるはずだ。

ところが、ここにはそうした遺留物がなにもない。

テラニアの清潔さは病院さながらだ。ここで人間が暮らしたことなど、一度もないかのように。

アスコは身を震わせた。

「不気味だ。テラニアの奇妙な変わりようは非現実的です。住人がいないことや、全施設が作動してないことだけが理由じゃなくて。搬送ベルトが動いてないとか、照明が消えているとか、空路エネルギー網が停止しているとか、そんなのが気になるんじゃないんです。たとえ住人がいなくて、人間にまつわる活動がいっさいないにせよ、テラニアがこんなに冷たく無機的だなんてありえない。いいたいこと、わかりますか？」

「わかる」と、タウレク。それから突然、はっとして、「あそこを見ろ！　なんだ、あれは？　きみも見たか？」

「なにも見えませんが」アスコは答え、ぎょっとして考える間もなく立ちあがった。

「あなたがそれほど度を失うなんて、いったいどうしたんです」

「光が見えた。というか、光る雲のようなものだ。いきなり雲ができたと思うと、こちらを通りすぎて、また蒸発した」

「幽霊でも見たんでしょう」

「わたしもそう思う」タウレクはまじめな顔で応じた。

「じきにハンザ司令部だ」ロワ・ダントンが通信連絡してきた。「まずわれわれが着陸し、スペース＝ジェットから降りる。そのあいだ《シゼル》に乗ったまま待機してもらいたい。よろしいか、タウレク？」

タウレクはすぐに返答できなかった。いきなり《シゼル》の左側に虹のようなものがきらめき、ふたたび虚無に消えたのである。

「こんどはわたしも見ました」アスコが口をはさんだ。

「《シゼル》で待機する」タウレクはようやくダントンの言葉を復唱する。

「いったい、なにを見たのだ？　われわれはわからなかったが」ダントンが訊いてきた。

「おかしな光現象です。人魂《ひとだま》のような」と、アスコ。

「目の錯覚だろう。こちらではつねに探知を実行している。そのような現象があれば、なんらかのかたちで記録されるはず」

「たしかに、錯覚だろうな」タウレクはそういって通信を切ると、アスコのほうを向いて、「われわれだけでこの現象を追うぞ」

「いったいなんだと思います？」アスコは緊張してあたりを見まわした。だが、さらなる光現象は発見できない。

「また同じことが起これば、たぶん判明するだろう。《シゼル》の探知装置を作動させよう」

これで目眩《めまい》から解放されると思い、アスコはほっとした。このプラットフォームにいて下の建物群を見ていると、奈落の縁に立っているような気分になるのだ。《シゼル》は高度をさげ、ハンザ司令部の敷地内にある着陸場をめざす。

近くのビルのそばで動きがあったのを目のはしにとらえたと、アスコは思った。例の光現象だろう。そう思って視線を向けると……

「だれかいる！」アスコが叫んだとき、タウレクはちょうどその方向に飛翔パイプを進めるところだった。「たしかに人間の男でした。あの低いビルの裏に消えたんです」

そのとき、ロワ・ダントンから通信が入った。《シゼル》のコース変更を見逃さず、理由を問い合わせてきたのだ。

「男を見たとアスコがいっている。それを追うつもりだ」と、タウレク。

「ありえない。なにかのまちがいだろう」ダントンが反論した。

「テラニアに人間がひとりもいないことのほうが、もっとありえなくないか？」タウレクはいいかえす。「きみはハンザ司令部を調べろ、ロワ。われわれは男を探す」

「幻を追うことになるだけだぞ」ダントンはそういうと、最後に、「通信はつないでおく」

《シゼル》は低層ビルの上空へと飛び、その位置に浮遊した。アスコが見たという男の姿は発見できない。

タウレクがなにか言葉を発し、アスコは自分が話しかけられたのかと思った。だがそうではなく、操縦ピラミッドに命令をあたえているのだった。

「相手がどこかにかくれたのか、わたしが蜃気楼《しんきろう》を見たのか、どちらかですね」と、困惑してアスコはいう。

「いや、どちらでもない」と、タウレク。「きみはたしかに人間を見た。赤外線装置で残留熱をとらえたから、それは明らかだ。男のシュプールは、この下に存在する〝真空穴〟につづいている。そこにのみこまれたらしい」

「この下に存在する……なんですって？」

「わたしもよくわからない」タウレクはかぶりを振りながら、「だがとにかく、この下に巨大な穴がある。測定の結果、そこでは宇宙空間の真空における諸条件が適用されることが判明した。われわれの探す男はかくれ場を探そうとしてビルに入り、穴にのみこまれたのだ。即死したにちがいない。とすると……」

そのつづきをアスコが聞くことはなかった。

この瞬間、《シゼル》のそばであらたな光現象が発生したのだ。これまで見たものよりずっと大きくくっきりして……見逃すことなどありえない。

まさに虚無から爆発したごとく、いきなり光があふれでる。たてつづけに稲妻がはしり、アスコはまぶしくて目をつぶった。ふたたび目を開けると、霧のような光る雲が見える。それがだんだん顔のかたちをとりはじめた。黒っぽい染みに見えたものがうつろな目になり、べつの染みは嘆きの声をあげる口になる。

不気味な顔は《シゼル》に向かってきたと思うと、機を数秒間つつみこみ、やがて消えた。

タウレクは戦慄に襲われ、両手をこぶしにかためて叫んだ。

「やつがここにいたのだ！　いたとはっきり感じる！」

「〝やつ〟って？」アスコはおずおずと訊いた。「だれのことをいっているのです？」

タウレクはたちまち平静をとりもどし、

「なんでもない。忘れてくれ。この現象とは関係ないことだ」そういうと、アスコの不審げな顔を見て笑い声をあげた。「心配しなくていい、もうだいじょうぶだから。さて、このおかしな現象をとことん解明するぞ」

「ロワ・ダントンにはこれを知らせなくていいですか？」

「ほっとけ。かれはハンザ司令部で手がかりを探すさ。そこでなにも見つからなかったら、われわれのいったことに思いいたるだろう。こちらは消えた人間の足取りをさかのぼる。ひょっとすると、ほかにも残留者が見つかるかもしれない」

「仰せのとおりに」と、アスコ。「ただ、ひとつわからないことがあるんです。どうしてロワのスペース＝ジェットは光現象を目撃しなかったのでしょう？」

「わたしにも説明がつかない。だが、幽霊は魔法のごとく《シゼル》に引きつけられたのかもな。この飛翔パイプには、テラの乗り物にはない装備がいくつかあるから」

## 3

「うまい汁だと！」超重族のラムボスコは唾《つば》をぺっと吐き捨てた。片手をこぶしにかため、もうひとつの手のひらに打ちつけて派手な音を出す。「無人惑星だから、最高にうまい汁が吸える……こいつはそういったんだぜ。なのに、どうだい。例の〝番人たち〟をどうにかしなけりゃ、われわれ、お宝のなかでくたばっちまうことになる。この五カ月、正気を失わずにいられたのが不思議だよ、まったく」

「もうとっくに失ってると思うがね」と、イェレツがラムボスコに聞こえないよう小声でいった。二名いるブルー族の片割れだ。

「またはじまったわ」女テラナー四人のひとり、インザが嘆く。

「アイデアじたいは悪くなかった」テラナーのガルト・アロンツがいい、大きな屋外階段の最上段に腰をおろした。階段は千年紀美術館……通称〝ミレニアム〟の正面玄関につづいている。ここには、数億ギャラクスの価値を持つ二千五百年来の美術品の数々が所蔵されているのだ。

「きみの妄想だったってことは、みんなわかってるさ」アラスのヴァスクルがコメントした。「だが、それをこきおろしたって意味はない。なんとか最善の道を探り、ここから脱出する方法を考えないと」

「この計画はきっと実現すると、いまでも思っている」ガルトはいいはる。

「いかれてるよな」スプリンガーの族長ヤンコプルが子分兼ボディガードのガスポッドに向かって、「ひとつの考えに固執《こしつ》するやつは、たいていまともじゃない」

「ばかなことをいうな、兄弟」オルメナーがとがめた。このウニト人はいつだってガルトに味方するのだ。「ガルトがなんとかするさ。この惑星でたんまり稼げるとかれがいうなら、実際そうなんだ。ガルトを信じようぜ。だってわれわれ全員、かれの兄弟姉妹じゃないか」

　ガルトは立ちあがり、一同を見おろした。

　そう……ここへ同行してきたのは全員、自分の弟分・妹分なのだ。ブルー族が二名、アラスに超重族、スプリンガー二名、テラナーは女が四人、男がふたり。そしてウニト人である。オルメナーの長い鼻をつねにガルトはたよりにしている。

　ここにきた当初はこの倍ほどメンバーがいたもの。だが、ある者は死に、ある者は不可思議な運命に見舞われた……つまり、いつのまにか消えたのだ。

「ここは惑星じゃない！」ラムボスコが怒りをぶちまけた。「ぜんぶ虚構だ。お宝だって！　この地球もどきにあるものはどれも持って帰れない。みんなわかってるだろ！」

ガルトは大理石の階段を足で踏み鳴らし、

「足の下にはかたい地面がある！　わたしはいま大理石の上に立ち、きみらはそこに腰をおろしている。なんだって手でつかめるはずだ。もちろん美術品も。それから……」

「食べ物もたくさんある。でも満腹にはならない」もうひとりの男テラナー、エレミーンが口をはさむ。ガルトは聞き流し、動揺することなくつづけた。

「ここにあるすべては物質……精神の力で生みだされた物質なのだ！　いま呼吸している空気も同じ。われわれ、それで窒息したか？　ノーだ。この空気を呼吸してもう五カ月も命をつないでいる。わが愛する兄弟のひとり、ロニーがどうなったか、みんなおぼえてるだろう。正面玄関にあるアーチ門に自分からよじのぼり、まっさかさまに落ちた。なにもかも幻だとラムボスコがいいはったからだ。で、この階段に激突し、頭蓋骨が割れたんだ」

沈黙がひろがる。しばらくしてから、ガルトはまたつづけた。

「ヤンコプルの兄はどうなった？　われわれの搭載艇でここの地面に墜落し、爆死したじゃないか。おかげでヤンコプルは兄をひとりなくし、われわれは艇を失って、このまま
じゃ惑星を出られない。だが宇宙船さえあれば、えりすぐりの美術品を持っておさらばできるんだ。まだチャンスはあるといいたい」

そのとき突然、ミレニアムの前方にある広場でなにかが光り、すぐに消えた。

「そろそろ、かたまったほうがよさそうだぞ」オルメナーが立ちあがる。そういうあいだにも、あらたに三カ所で光がきらめいた。

「そうね。番人たちがまた攻撃態勢をととのえたみたい」と、女テラナーのサヴィア・レーメルも、「なかに入りましょう」

十一名が階段をはなれ、正面玄関を通って壮大な美術館の建物に入っていく。ガルトは最後に足を踏み入れ、扉を閉めた。

「全員でかたまっていよう。そうすれば、番人は手出しできないから」と、兄弟姉妹にいいふくめる。

超重族のラムボスコだけはその忠告を無視してサイドドアに向かった。ガルトが呼びとめると、ののしり文句を返してくる。

「おまえらみたいな能なしとは、もうやってられん」そういいはなち、ドアの向こうへと消えた。

「なんできみがあんなやつを兄弟にしたのか、理解に苦しむよ、ガルト」と、オルメナー。

「ラムも状況がよくなれば、もうすこしましになるさ」ガルトは超重族をかばう。

かれらは〝ねぐら〟に向かった。一展示室をかたづけ、そこを宿舎にしたのだ。前に自分たちが去ったときのままだったので、ほっとする。これはあたりまえのことのようで、じつはそうではなかった。番人たちがしょっちゅう悪さをして配置換えをおこない、寝床と展示品を入れ替えたりするからだ。

前の宿舎はこの近くにあるホテルで、もっとよかった。設備が機能しないのは同じだが、各自が豪勢なスイートルームを占領できていた。ところが、そこでも一行はずいぶん番人たちに手を焼かされたもの。

そのうち、なぜか番人もミレニアムに対しては遠慮があるらしいと判明した。また、自分たちが全員でかたまっていると手出ししてこないこともわかったため、ホテルを引きはらったのだ。快適さは失われたが、そのかわり前より安全になったのだった。

ほどなく、最初の番人が出現する。壁を抜けてあらわれたようだ。きらめく光をまとい、わめきながら一団をとりかこむ。ときには苦痛と悲しみの表情を浮かべた顔もあらわれる。それからふたたび両手が伸び、こちらをとらえて襲いかかろうとした。

番人たちの正体はなんなのか、ガルトにはまだわからない。テラ政府管轄の警備員だろうか。定かではないものの、その前提で考えている。

「いまにおまえら全員、おとなしくさせてやるぜ！」と、幽霊めいた姿に向かって叫んだ。すると、わめき声がますますひどくなったような気がした。

「空《から》約束だわね」女テラナーのマニコがいった。

「早く消えてくれないかしら」と、インザ。「そろそろ、またしずかな夜をすごしたいもんだわ」

「この大騒ぎはじきにやむ」ガルトがきっぱり応じた。「やつら、こんども収獲なしで撤退するさ。こっちはただ全員かたまっていればいいだけだ」

「オルソはどうしたんだろう」エレミーンが口をはさむ。

オルソはもうひとりのテラナーだが、すこし自由のにおいを嗅ぎたい、といって、数日前に出かけたままだ。

半時間ほどすると、番人はむなしい攻撃をやめ、ふたたび消えた。あたりに静寂がもどるまで待ってから、ガルトはそっと部屋を出た。展示ホールを見てまわり、芸術作品を鑑賞するのだ。

何度見ても飽きることはなかった。これらの貴重な品を持ちだすという考えをあきらめきれない。なにがなんでも計画を実行する！

だが、そう考えているのは自分だけだということもわかっていた。そもそものはじまりを思いだすと、すこし胸が痛む。あのときは、疑いの目を向ける者もふくめて、兄弟姉妹の全員を口説き落とせたのだったが。

＊

ガルト・アロンツが五十名ほどの弟分・妹分を呼びよせたのは、NGZ四二六年六月末のことだった。招集場所は太陽系の小惑星帯で、そこにはかれの所有する中空のアステロイドがある。〝ミーマ〟と名づけたこのアステロイドに同志たちを集めた表向きの理由は、自分の七十歳の誕生祝いだった。だが、すでに大ばくちのアイデアはすこし前から温めていたのだ。

いくつか案も練ってあったので、側近で腹心の友でもあるオルメナーとヤンコプル兄弟に話してみた。かれらは実行不可能だとか採算がとれないとかいって、いつものごとく批判してきた。

「千年に一度のでかい山を当てたいんだ」と、ガルトはいいはった。とはいえ、仲間たちをあっといわせるアイデアはなかなか思いつかなかった。

ところが、最後の同志がミーマに到着したときのこと。アステロイドをくりぬいた空っぽの巨大倉庫で宴会がはじまったとたん、太陽系でおかしな動きがあった。ガルトは完全に注意を奪われる。宇宙ハンザの一大プロジェクトのことは、いくら極秘とはいえ、ミーマまで伝わってきていた。

地球の公転軌道上が……しかも、太陽をはさんで反対側が……にわかに騒がしくなった。宇宙船が何隻もあらわれては、技術機器を広大な宙域にばらまいていく。どうやら転送機らしい。それも、何千基も！

転送機の設置後はしばらくなにも起こらなかった。世間の耳目をおおいに集めているにもかかわらず、プロジェクトに関する情報はほとんど入ってこない。そのうち、宇宙ハンザがなにか大規模実験をやるとわかり、ハンザ商館であつかう物資の拠点をつくるらしいという噂が流れてきた。

すると、惑星規模の巨大な球を形成する転送機ネットの内側にプラズマ雲が生じた。雲の色はだんだん濃くなり、やがて光のないグレイの物体が宇宙空間にできあがる。その状態が数日間つづくと、ガルトはしだいに興味を失ってきた。なんにせよ、宇宙ハンザの実験が頓挫したんだろうと考えたのだ。

ところがそのとき、プラズマ雲がまさに刻々と密度を増しはじめ、すぐにふたつの天体をかたちづくったではないか。惑星と、ちいさな衛星を。

それがテラとルナのイミテーションだとわかったときは、自分の目が信じられなかった。大陸も大洋も、月のクレーターも、すべてほんものと同じだ。

プロジェクション地球とプロジェクション月が誕生した瞬間だった！

宇宙ハンザはこの計画の真の目的について、しばらくのあいだ箝口令《かんこうれい》を敷いていた。真相が明らかになったのは八月のはじめである。

レジナルド・ブルがテラ・インフォで発表したところによれば、保安上の必要から第二の地球を形成したそうだ。テラを〝文字どおり輪切りにする〟とヴィシュナが宣言しためで、これはけっしてたんなる脅し文句ではないらしい。

この理由から地球の複製品をつくったのだという。コピイとはいえ、技術・文明設備はすべてそろっているし、もちろん地形的・地理的条件も動植物相もオリジナルと瓜ふたつだ。

ただひとつのちがいは、疑似地球と疑似月に知性体がいないこと。とはいえ、これは計画の不備ではなく、地球と月の住人が避難したとヴィシュナおよびその協力者に思わせるためだという。

それを聞いたとたん、ガルトはすばらしいアイデアを思いつく。長いこと待った甲斐《かい》があった。千年に一度の大ばくちのチャンスを、疑似地球があたえてくれたのだ。

四十八時間かけて細部まで計画を練りあげ、兄弟姉妹の前で披露した。

「第二の地球で掠奪といこう。無人惑星だから、最高にうまい汁が吸えるぞ。どこでも入り放題、持ちだし放題。じつにかんたんな話だ」

そういうと、詳細を説明する。疑似地球は遠距離観測されているはずなので、小型艇一隻だけで着陸するのが安全だろう。着陸場所はテラニアの南エリアだ。

「ここには千年紀美術館すなわちミレニアムがある」と、ガルトは説明をつづけた。

「宇宙ハンザ管轄の施設で、二千五百年来の芸術作品が展示されている。その価値ははかりしれない。それがぜんぶわれわれのものになるんだ。疑似地球に行くのは二十名もいれば充分だろう。あとの者はミーマにのこり、転送機経由で送る戦利品を《ヤンコプルズ》で受けとれ。やっとこの倉庫が役にたつときがきたな。これはハンザの仕事ってことさ、ひろい意味でいえば」

皮肉たっぷりにいうが、苦々しげでもある。かれは十年前、ミーマを倉庫として使うよう宇宙ハンザに売りこんで断られたせいで、破産の憂き目を見たのだ。倉庫建造に多大な出費がかかり、相続した財産はすべて消えてしまった。それで、この借りはいつか返すと誓いを立てたのである。

いま、チャンスがやってきた。

「きみらの道徳観を損なわないためにいっておくが、われわれのやることは厳密には盗みじゃないぞ」さまざまなところから出た抗議の声に対しては、そう答える。

親友のウニト人、オルメナーがべつの視点を提示した。

「でも、苦労したところでなにが手に入るんだ？　偽テラにあるのは偽の品物だろう。きみが賞讃する芸術品のオリジナルはあくまでテラに保管されている。だいたい、本当に芸術品が見つかるかどうかもわからない。もし見つかったとしても、それは実体のないただの幻、プロジェクションじゃないのか」

「論理的に聞こえるが、まちがった推測だな」ガルトは言下にいいはなつ。そうした反論が出るのは予測していたから。「ヴィシュナほどの力を持つ者が、安易なイミテーションにかんたんにだまされると思うか？　地球もどきをヴィシュナにほんものだと信じさせたければ、実物そっくりの模造品を用意するはず。われわれが持ちだそうとするお宝はたしかにコピイにすぎないが、いずれにしろ、ほんものと見分けのつかない品だ。愛好家にとっては実際の価値がある」

　そんなやりとりをつづけ、ついには疑いの目を向ける兄弟姉妹をも説得することができたのである。

「だが、ぶんどった品をどうやってミーマに送るつもりだよ？」と、ラムボスコが訊いた。「小型艇一隻だろ。二十名は乗れるかもしれんがな、みんなおれと同じ体格でなけりゃ」この冗談で全員の笑いをとったあと、「しかし、転送機を持っていくのは無理だぜ」

「疑似地球がどうやってできたか、思いだしてみろ」ガルトは自信満々にいい、わざとらしく間をおくと、つづけた。「転送機が数千基あるんだぞ。われわれはそれを拝借し、自分たちの望むとおりにプログラミングしなおせばいいだけだ」

　これでのこりの兄弟姉妹もみな賛成にまわる。きっとそうなるとガルトは最初から思っていた。よく練られた計画だという理由だけでなく、おのれのカリスマ性を確信していたからだ。

　この影響力から逃れられる者はほとんどいない。ここにいる同志五十名ほどのなかに、いないのはたしかだ。影響を受けると判断した者だけを弟分・妹分にしたのだから。当の本人たちは思いもしていないだろうが、かれらはけっしてガルトと同等ではなく、ガルトに完全に依存しているのだった。

*

ミレニアムは暗闇につつまれていた。照明設備はあってもエネルギーがないのだ。非常用電力を使って照明システムを作動させようと何度もやってみたが、うまくいかなかった。これも疑似地球の弱点のひとつだろう。

ガルトは懐中電灯を持って側廊を通り、子供のように胸をわくわくさせながら一展示室へ向かった。

そこでは二十世紀の油彩画の隣りに超現代的ピクトグラムが飾られ、ブロンズの彫像の隣りに数世紀ぶんのホログラムが展示されている。これらの芸術品をどういう基準でならべたのか、ガルトはこれまで聞いたこともないし、いまもわからない。以前、ある美術館関係者が説明するといったが、断ったのだ。その埋め合わせをしたくても、いまは自動装置が機能していない。疑似地球ではあたりまえだが。

いったいどんな意図があって、パブロ・ピカソの記念すべき油絵作品『ゲルニカ』の前にバーバキュノスの秘儀的ホログラム『魂のジレンマ』を置いたのか？　ガルトはここに足どめされた五ヵ月のあいだ、毎日のようにこの部屋にきているが、そのつどあらたな発見がある。たとえ千年生きたとしても、このホログラムを見るたび新しい色合いやかたちに気づき、新鮮な感動を味わうことだろう。

明かりはなくても、バーバキュノスのホログラムは内から光を発している。アナクロニズムと驚異の場所である疑似地球も、また同じだ。

疑似地球に着陸し、この部屋にはじめて足を踏み入れたとき、これほどの困難が待ち受けているとは予測もしなかったが。

なにもかもスムーズだった。ヤンコプル兄弟所有の転子《ころ》状船《ヤンコ・プルズ》の搭載艇は、発見されることもなかった。ロボットのごとく折り重なって乗りこんだのは二十五名。ガルトはミーマに向けてこんな短いメッセージを送ったくらいである。

「着陸成功。すべて順調、お宝も発見」

着陸して最初の二日間は、全員で芸術作品の分類と評価額を見積もるのに費《つい》やした。三日めになり、ガルトが輸送計画を立てるかたわら、ヤンコプル兄弟は転送機の問題にとりくんだ。同志のなかではそのふたりが転送機にいちばんくわしかったから。

しかし、今回はうまくいかなかった。

第二地球を生みだすのに使われている転送機はいくつか見つかったものの、受け入れ先の変更がどうしてもできないのだ。ガルトは最初、ふたりがこの問題を解決できると思いこんでいたため、ほかの兄弟姉妹にミレニアムをかたづけさせ、輸送作業にそなえて芸術品をならべることにした。ところが、その事前準備が終わってもまだヤンコプル兄弟は転送機に手こずっている。

「除去できない付属部品がひとつあるんだ」と、ヤンコプルの兄のほうが、「これをとりはずしたらショートして、転送機の心臓部が焼き切れちまう」

「そんなことでわれわれの計画をおじゃんにするな!」ガルトはどなりつけた。

「いや、おじゃんになるかも」

これで喧嘩になり、ガルトは〝弟分〟を殴った。兄ヤンコプルはそれから死ぬまでのあいだ、ガルトとひと言も口をきかなかった。弟ヤンコプルが仲裁しようとしてもむだだった。

疑似地球にきて十五日めの朝、信じられないことが起こった。転送にそなえてならべておいた芸術品がそっくり消えたのだ。ミレニアムじゅうを探しまわったところ、すべてもとの位置にもどっていたことが判明する。

そしてこの日、一行ははじめて番人と出会ったのだった。

ガルトは、芸術品をもとの場所にもどしたのは兄ヤンコプルのいやがらせだと考えていた。かれにそんな大それたことができるわけないと、ほかの者がとりなしても聞く耳持たず、もう一度ミレニアムをかたづけるよう指示した……いや、命令した。

ところが、兄弟姉妹たちが作業にかかったとたん、突然そこらじゅうに奇妙な光現象が生じた。それがやがて人間のかたちをとりはじめ、とんでもない騒ぎとなり、掠奪者たちはほうほうの体《てい》で逃げだすはめになったのだ。

だが、ガルトだけは気づいた。これは実体を持たない幽霊のようなものだから恐れる必要はない、と。兄弟姉妹を呼び集めておちつかせようと、急いで外に出たまさにそのとき、大惨事を目撃することになる。

ほかの者がいない隙に、兄ヤンコプルが搭載艇でスタートしたのだ。だが、艇は高度五百メートルまで達すると、いきなり光現象にとりかこまれ、正真正銘つつみこまれた。人間の姿をした幻が塊りになって雲のように見える。それが消えると、艇は石のごとく急降下し、地面に墜落して爆発した。

「地球もどきの番人からはだれも逃れられないんだな」と、ブルー族のナエッがいい、以降、この幽霊現象はたんに〝番人〟と呼ばれるようになる。

燃えあがる残骸のなかから救えるものはなかったが、運よく食糧は艇から持ちだしてあった。それと通信機も。これがあれば、とりあえず《ヤンコプルズ》に連絡してべつの搭載艇を手配させられる。

ところが、弟ヤンコプルがそう命じてもスプリンガーたちはしたがわず、兄ヤンコプルが死んだのは弟のせいだと非難し、すぐにアステロイドから出ていくといいはって、本当に《ヤンコプルズ》でスタートしてしまった。こうしてガルトと仲間たちは疑似地球から動けなくなったのだ。

弟ヤンコプルは兄を悪しざまにののしった。兄は死ぬ前からずっと《ヤンコプルズ》をわがものにしようともくろんでおり、氏族の面前で弟を誹謗してきたらしい。

それでも、はじめのうちはまだ状況はそれほど悪くないと思えた。テラニアの着陸床には大小さまざまな宇宙船がいくらでもあったから。だが、どれをスタートさせようとしても動かなかった。

疑似地球にあるほかの技術装置と同様、宇宙船にもエネルギーが供給されていないのだ。顕微鏡レベルの細部まで正確に模造されていながら、まったく機能しない。しかも、第二地球にあるほかのすべてと同じく、もともとの場所に動かず存在しつづけている。

ガルトはこれまでに三度、ミレニアムから芸術品を持ち去ろうとした。それはできたのだが、気がつくと番人たちがまたもとの場所にもどしてしまう。なにもかも、すべてがそうなるのだ。

一団が〝ねぐら〟を用意できたのは、ひとえに粘り強さのなせるわざだった。考えられないような場所に宿舎が何度うつされても、またもとどおりにしてきたから。

ところが、疑似地球にはまだほかにも欠陥があった。

備蓄食糧を消費したくないのと、メニュー表を豪華にしたい思いから、ガルトはラムボスコと女ふたりにどこかで動物を狩ってこいと指示した。そこまではよかった。

三人は近くの動物園に行き、獲物を一頭しとめてきた。異生物だが牛の一種らしい。それを解体して、急ごしらえの串に半身を刺し、焚《た》き火であぶった。焼けるまで非常に時間がかかり、肉は硬くてまずい。それでもとにかく満腹にはなった……すくなくとも、そのときはそう思った。ところが、すぐにふたたび腹が減るのである。どれほどがつがつ食べても、空腹感はおさまらない。

スーパーマーケットで調達した缶詰やほかの食べ物についても同じだ。嗜好品は質も量もそろっていたが、胃袋を満たすようなものではない。

そのことがあってからガルトは、持ちだした備蓄食糧を美術館の金庫室に保管し、配給制にした。装甲扉とはいえ施錠はお粗末なものだが、鍵はかれしか持たない。こうでもしなければ、全員とっくに飢え死にしていただろう。ラムボスコだけでさえ底なしの食欲なのだから。

時は単調にすぎていく。亡霊めいた番人の襲撃すら、疑似地球の日常茶飯事《さはんじ》になっていた。

通信機で傍受する太陽系からのニュースだけがせめてもの気晴らしだった。地球が消え、未知のロボット軍団が太陽系に押しよせ、それらが撃退され、また地球があらわれる。時間ダムの向こうにかくれたのだと判明した。

そしてふたたび地球と月が消え、同時にGAVÖK、LFT、宇宙ハンザの全艦船が太陽系からいなくなった。

こんどは〝グレイの回廊〟とやらが関わっているらしい。番人たちがそれについて話しているのを、ガルトは聞いた。だが、くわしいことはわからない。番人は愛想が悪いし、なにかしゃべったとしてもよく聞きとれないのだ。

＊

ガルトはピカソの作品にちなんで〝ゲルニカの間〟と名づけた展示室を去り、巡回に出た。寝る前に食糧貯蔵庫の施錠をたしかめようと思ったのだ。

金庫室にきてみると、鍵も壊れていないのに装甲扉が開いている。なかから、ものをがつがつ食べる音と、空き缶のたてる金属音がした。

近づいていくと、たちまち音はやんだ。

慎重に足を進め、懐中電灯の明かりをだしぬけに向ける。なにかが光に照らされたと思ったとたん、がっしりした巨体が全体重でおおいかぶさってきた。何者かがこちらの腕を背中にまわして壁に押しつけ、大きな手で喉もとを絞めつける。

「ラムボスコ……やめろ……」と、どうにか声を出した。

「跡をつけてきたな、このスパイめ」超重族は食べ物のにおいをぷんぷんさせながら、いまいましげにいった。「ま、いいさ、兄弟。おれの食事現場を押さえたわけだ。だが、ほかのやつらに告げ口はできんぜ。ひっそり消えてもらうからな。すぐ近くに穴がある。あんたはそこに落ちるんだ」

ラムボスコはガルトの喉に手をやったまま、もう片方の手でそのからだをつかんで苦もなく持ちあげ、歩きだした。ガルトはほとんど息もできない。こめかみがどくどく音をたてはじめ、目の前が真っ暗になった。

「飢え死になんかするもんか」歩きながら超重族はいった。「おれひとりなら、食糧庫にあるぶんで数週間はもつ。それだけあれば充分だ」

暗闇のなか、ラムボスコは美術館の地下通廊を迷いなく進んでいく。すでに何度もきたことがあるにちがいない。ようやく立ちどまると、ガルトを立たせ、喉に置いた手をゆるめてふたたび呼吸できるようにした。

「ばかなことするな、ラム」と、ガルト。「わたしを始末してどうするんだ？　解決策はじきに見つかる。もし万策つきたら、通信で助けを呼べばいい」

超重族はかぶりを振る。

「こうしないと気がすまない。あんたにあれこれ口出しされるのは、もうごめんなんでね。ほら、これが穴だ」

ラムボスコが懐中電灯をつけた。明かりに照らされて通廊が見える。だが、数歩先で寸断されており、その奥にはまったくなにもない。

　こうした〝穴〟は周囲にいくつもあり、その数はしだいに増えていた。理由は不明だが、あるときいきなり建物の一部が消えて、あとに物質の空隙《くうげき》が生じるのだ。そこにちょうど居合わせた者は、同じようにあとかたもなく虚無に消えてしまう。ガルトの兄弟姉妹も何人か、それで姿を消していた。

「わたしがいなくなったら、みんなはどうなる！」ガルトは破れかぶれに叫んだ。その言葉で超重族を説得できるのではないかと淡い期待をいだいて。だがラムボスコは高笑いし、こういってのけた。

「あんたがいなくなりゃ、みんなせいせいするさ、ガルト。さ、行け」

　ラムボスコの筋肉が張りつめたのがわかった。ごつい手から逃れようと、ガルトはむなしく抵抗する。そのとき、一閃の光がはしり、超重族のからだが揺れた。ガルトは解放され、安全な場所へと跳びすさることができた。

　また光現象が生じ、幽霊めいた番人があらわれるのだろうと予測したが、そうではなかった。見ると、オルメナーが立っている。テラ製コンビ銃を両手で持ち、鼻は引き金にかかったままだ。

　ラムボスコはぐらつき、ゆっくり前に倒れた。そのからだをオルメナーがひと蹴りして通廊の向こうに突き飛ばす。超重族は死へとつづく虚無に墜落し、一瞬で見えなくなった。

「助かったよ、兄弟」ガルトはあえぎながら、「おかげで命びろいした」

「当然のことをしたまで」オルメナーは武器をぞんざいに落とした。ウニト人は両手をうまく使えないのだ。細かい作業はもっぱら敏感な鼻でおこなう。ガルトはコンビ銃をひろいあげると、オルメナーを見て、

「みんなになんといったらいい？」

ウニト人は否定するように鼻を振り、

「なにもいわないのがいちばんだ。やつはただ消えたのさ、だれも気づかないうちに。ラムボスコがいなくなって悲しむ者などいない」

「そうだな」

二名はねぐらにもどり、就寝した。

この夜は二度も番人があらわれ、輪舞を披露した。それでも眠りを妨げられる者はいなかったが。

ガルトの耳もとで番人がささやく。〝グレイの回廊〟と聞こえたが、夢だったのかどうか、定かでない。

〝グレイの回廊……テラはグレイの回廊にのみこまれ、どんどん遠ざかる……行き先もわからず……〟

だが、翌朝にはガルトは聞いた内容をほとんど忘れていた。ふだんと変わらない一日になりそうだ。ラムボスコの行方に関して何度か質問も出たものの、それよりはエレミーンの友オルソのほうが全員の気がかりだった。オルソはときどき予定どおりにもどらなかったりするが、こんなに長く不在にしたことはない。

午後遅く、ガルトはミレニアム前の広場が騒がしいのに気づいて外に出た。兄弟姉妹たちが、おちつかないそぶりの一テラナーをとりかこんでいる。

「オルソ！」ガルトは小柄なテラナーに声をかけた。大好きな友がもどってうれしい。自分と同じくオルソは芸術愛好家で、その素質も持っている。

人だかりのなかに道ができ、全員がいっせいに話しだした。

「オルソが宇宙船を見たそうだ」ブルー族イェレツが、喉頭マイクロフォンで人間に似せた声を出した。興奮している。「スペース＝ジェット一機と、小型の転子状船らしい。ハンザ司令部に着陸したと」

「本当か？」と、ガルト。信じられない。

オルソはうなずき、にやりとして、

「いや、着陸したのはスペース＝ジェットだけだ」と、息も継がずにしゃべる。「もう一機はおかしな飛行物体で、よく知ってる転子状船とはまったくちがう。気づかれたかもしれないが、穴に落ちたふりをしてかくれたよ。もうだいじょうぶと思ったから、急いでもどってきたんだ」

「宇宙船か」ガルトは考えこんだ。どうやらチャンスがやってきたらしい！　よくやったといいたげにオルソの肩をたたき、「きみの行動は正しかった。われわれ、見つからないようにしないとな。宇宙船をどっちか奪う手段を考えつくまで、かくれていよう」

そういいおわるが早いか、ヤンコプルが大声をあげて空を指さした。

「空飛ぶパイプだ！　オルソを追ってきたにちがいない」

見ると、テラニア中心部の方角から奇妙なパイプ形物体が近づいてくる。高層ビルの向こうからいっきに接近し、すぐに全体が姿をあらわした。その周囲に、幽霊めいた番人の一群がつきまとっている。

ガルトはひそかに願った。あの厄介な幽霊がわれわれをほっといて、新参者に襲いかかるといいのだが。そうなれば、どんなにせいせいするだろう。だが、口に出してはこういった。

「ずらかれ！」

一団はミレニアムのなかにかくれる。やがて奇妙な飛翔パイプは飛び去り、近くの公園へと降下して着陸した。

「さて、次はどうやってあのパイプに近づくか、状況を探る番だな」と、ガルト。

こんどこそお宝を持ちだせるぞ！　心のなかでそう思った。

# 4

「つまり、あの男は真空穴に消えたわけではなかったのだな」タウレクはいった。「ぴんぴんしている。はっきり確認できるぞ。あとを追ってみよう」

「相手にコンタクトしたほうがよくないですか？」アスコ・チポンが提案する。「そうすれば、テラになにが起こったのか情報が得られるかも」

「あの行動からして、かれがそんな情報を持つ人間でないことは明らかだ。それくらいわかるだろう、動作学者なんだから」

アスコは口をつぐんだ。タウレクのいうとおりだ。

《シゼル》は見たところ無目的にテラニア地区を横断しているようだが、しだいに西へ向かっていた。操縦ピラミッドの上方にうつしだされたプロジェクション・スクリーンの光点も、やはり西へとほぼ直線的にそれていく。飛翔パイプは光点を追った。

周囲では相《あ》いかわらず例の光現象が生じている。アスコはそれを観察するうち、つねに同じ現象がくりかえされることに気づいた。あれこれの特徴から、十二種類ほどの影が存在するらしいとわかる。ときおり、なにかを伝えたくて合図を送っているようにも見えた。だが、これはもちろん動作学者の性《さが》で、ある特定の行動パターンを自分が影に付与しているだけのこと。

「あなたの装備を使ってこの幽霊現象の原因を解明できないんですか、タウレク？」と、訊いてみた。「これらはテラナーのプロジェクションか、それとも超次元の具象なのか」

「虚像でないということしかわからん」タウレクは心ここにあらずだ。「とにかく半実体化した存在であって……それだけの話だ。興味はない」

タウレクの興味がどこにあるのかは明らかだった。ハンザ司令部の近くでアスコが目撃した男の足取りをしめす光点だ。《シゼル》はいまそれを追っている。タウレクが男の個体パターンによって方向を定めているのはまちがいない。

さらなる光点が操縦ピラミッドのプロジェクション・スクリーンに表示された。

「見ろ！」タウレクはがぜん意気ごむ。「やはり、まだほかにも生きのこりが町にいたのだ。一ダースはいるぞ。脳波パターンが異なるところを見ると、テラナーだけではないな」

アスコはプラットフォームから下を……飛翔パイプをとりまく幽霊ごしに……のぞき見た。機が通過した近くに、技巧を凝《こ》らした装飾の目立つ荘厳な建物があった。正面玄関の両側にはあらゆる著名な芸術家や女神の彫像が立っている。千年紀美術館だ。

メンタル振動はそこから発している。

「ミレニアムという施設です」アスコはタウレクに教えた。「着陸して、こちらの素性を明かしたほうがいいと思います。かれら、《シゼル》の見た目が奇異だからかくれているだけでしょう」

「どうだか」

タウレクはそういうと、美術館を通りすぎ、二キロメートル先に公園があらわれたところでようやく《シゼル》を降下させた。人工滝がある貯水池のほとりの草むらに着陸する。

「わたしはつねにあらゆる予防処置を講じることにしている」と、説明。「きみもそうすべきだ。セランを着こんだほうがいい、アスコ」

遠征参加者は全員、セラン防護服を着用するようにとロワ・ダントンがいっていた。アスコも防護服を持ってきてはいたが、これまで着用の必要性を感じなかったのだ。タウレクにいわれてはじめて引っ張りだす。

アスコが防護服を着るあいだ、タウレクはなにやら操縦ピラミッドをいじっていた。

それがすむと、

「よし、降りるぞ」

「なにも装備を持っていかないんですか？」

「必要なものは身につけている」タウレクは筒やケースがさがる腰ベルトをたたいてみせた。〝兵舎〟と呼ぶ小箱も忍ばせてある。なかには極小サイズのロボット戦士が一ダース入っており、必要に応じて呼びだすと人間の大きさになるのだ。

アスコはセランの反重力装置を使って《シゼル》の制御プラットフォームから出ると、草むらにおりた。ずいぶん久しぶりに踏むテラの大地だ。記念すべき瞬間だと自分にいいきかせるが、とくに感慨はない。こんな帰還になるとは思ってもいなかったから。

ほとんど無人の地球。しかも、わずかな残留者たちはこちらを避けてかくれている。

「《シゼル》をはなれる前にバリアを張ったほうがよくないですか」と、アスコ。「この乗り物に近づいてくるのは敵じゃないと、あなたは思っているかもしれませんが」

「《シゼル》はいつだって見学大歓迎だよ」タウレクが笑う。「わたしはむしろ、相手が好奇心に負けてこちらの招待に応じることを願っているくらいだ」

アスコの通信装置が鳴った。ハンザ司令部の調査隊からだ。

「幽霊狩りの成果はあったかね？」ロワ・ダントンの声がした。

「あれから、さらに似たような光現象を観測しました。その一部がわれわれに向かって押しよせてきたりもして」

「こちらでも同様の現象が生じた。原因はいまのところ不明だ。テラとルナのどこでも、われわれの調査隊が降りた場所で、タイミングの差はあれ幽霊騒ぎが起こっている。これについてタウレクの意見は？」

「くわしい情報は、ここにのこっている生身の人間から聞けるのではないかな」と、コスモクラートの使者は応じた。

「なに、本当に人間がいるのか？　見まちがいではなく？」ダントンは驚いたようだ。

「人間だけじゃありません」アスコが答える。「ミレニアムのなかに知性体が一ダースかくれているのをタウレクが発見しました。《シゼル》を見て警戒したようです。タウレクがいうには、こちらからコンタクトしないほうがいいと」

「それが賢明だ。なにもするな。ここを引きあげたら、われわれも合流する」

「そっちには、もとめる情報はあったか、ロワ？」と、タウレク。

「ない。狐につままれたようだ。この状況をどう解釈すればいいのか見当もつかない。なにもかも機能しないのだ……ボタンを押してもまったく動かず、ドアはすべて手で開けるしかない。ネーサンも沈黙している。まさに幽霊惑星、ゴースト・テラだな」

「ひょっとしたら、謎を解く鍵はその幽霊かもしれない」タウレクがコメントした。

＊

この現状でブラッドリー・フォン・クサンテンが自分の流儀をたもちつづけるのは難

儀というほかない。空想主義とは無縁の男で、けっして大胆な推測を口にしたりせず、事実をもとに結論を出すのがつねである。そんなかれにとり、いまある事実をよりどころにして状況判断するのは、至難のわざだった。

「幽霊だと！」吐き捨てるようにいう。

ルナとテラに派遣した調査隊の面々が、口をそろえて同じことを報告してきたのだ。手もとにある証拠映像がたしかに幽霊の存在をしめしていても、やはり《ラカル・ウールヴァ》艦長には信じられなかった。その由来についてさまざまな憶測が流れているが、どれも荒唐無稽でまともにとりあう気になれない。ほしいのは論理的かつ科学的な説明なのだ。そのせいで袋小路に入ってしまっている。

最初のレポートは月のインポトロニクス、ネーサンのもとに送りだした四部隊からとどいた。明らかに無傷で問題なく見える技術装置が、いずれも機能しないという。「われわれ、ネーサンの司令センターまで進入しました」と、報告がきた。四部隊はそれぞれ別方向からセンターをめざしたという。「最初は不思議でした、なぜ警報が鳴らないのかと。そのうち、エネルギーが供給されてないとわかりました。ところが、こちらで持参した非常用電力を使ってもやはり作動しない。ネーサンも同じです。すべての装置を記憶バンクにいたるまで回路図と比較してみたのですが、どこにもミスはありませんでした。なのに、ネーサンもほかの技術機器も、どうやっても動かせないのです」

「そんなはずはない！」ブラッドリー・フォン・クサンテンは大声をあげたが、ほかの調査隊からも同様の報告が入るにいたって、事実を受け入れるしかなかった。しかし、どこにも理にかなった説明がないのはつらい。

そこにくわえて幽霊の出現である。時間の差はあっても、ルナとテラで搭載艇が着陸した場所すべてに同じような幻があらわれ、奇妙な光現象が生じたという。

ブラッドリーはとっさにいったもの。妄想か思いこみか、あるいは幻覚ではないのか、と。しかし、あとから送られてきた映像により、それは否定された。

幽霊はさまざまな様相を見せていた。明るく輝いたと思うと、稲妻のごとくはげしい光をともない、鈍く色あせたグレイに変わる。しっかりした半物質のように見えるのだが、雲に似て、ガス状で向こうが透けて見える。それでもひとついえるのは、つねに人間のような姿をとることとだ。

じっくり観察するうち、興味深いことが明らかになった。刻一刻とかたちを変えるため、最初はまったく気づかなかったのだが。つまり、これらの影はいずれも前に一度とった姿でふたたび出現していたのだ。あらわれては消えることをくりかえしつつも、出てくるときには前と同じかたちになる。

「もしかしたら、地球住民はなんらかの力によって上位連続体に……つまりべつの時空、べつの次元に連れ去られたのではないか」

「だとすると、幽霊はかれらのプロジェクションが半実体化したものかもしれない」

「どうやら、なにかを伝えたくてコンタクトしてきたようだ。特殊な状況により、それができずにいるのだろう」

「なぜ幽霊の姿なのか不明だとしても、人類の存在をしめすたしかなサインだし、こうしたかたちをとるしかなかったのだ」

ブラッドリーはこの手の話に耳を貸そうとしなかった。いかれた考えだと拒絶もしないが、聞きたくない。あまりに本筋からはなれてしまい、まともな科学的作業の妨げになるからだ。

多くの幽霊は部分的に実体で、触れることもできるらしい。ただ、捕まえようとすると逃げるという。実体を持つように見えたとしても、姿は不完全だ。顔がなかったり、あっても感覚器官がついていなかったり、手足が途中で切れていたりする。

かれらはいずれも人間のカリカチュアであり、その一部にすぎない。

幽霊は調査コマンドにコンタクトしてくることも捕まることもなかった。言葉は自由に操れるようなのだが、会話にはいたらない。しゃべる能力じたいも、そんな兆《きざ》しが見られるというだけで、たいていは音節の不明瞭な音や単語を発するにすぎなかった。

調査隊のリーダーの多くがいうには、影たちはこちらに近づいてくると見えるいっぽうで、逃げているようでもあるらしい。まるで、なんらかのバリアに押しかえされ、そのせいで苦痛と恐れを感じているみたいだという。

幽霊は〝いる〟。だが、ブラッドリー・フォン・クサンテンはそれを忘れてほかの事項に集中することにした。部下をうながし、入ってくるデータをひたすら科学的観点から分析させる。しかし、それでも多くの錯綜と矛盾が生じてしまい、どうしようもない気分になった。

はっきりしたのは、地球と月がそれ独自の質量と密度を持つことと、大気組成も周知のものであること。両天体の物理的状況は通常どおりである。動植物相や地表の構造、文明設備の数々も、調査結果はふつうと変わらなかった。

ただ、テラにもルナにも人間だけがいない。近傍の宇宙空間も死んだようにしずまりかえっている。

おかしなファクターはなにも見つからない。それがあれば、科学的にも納得のいく緻密な理論を構築でき、地球住民がいなくなった理由をうまく説明できるのだろうが。

人類は地球から忽然《こつぜん》と消え、いまや幽霊の小軍団がのこるばかり。これがさらなる混乱をもたらしている。くわえて、技術装置がことごとく機能しない。魔法にかけられたのではないかと思ってしまうところだ。実際、上位次元の力がテラとルナの技術を麻痺させたのだと真剣にいいつのる者が増えている。ブラッドリー・フォン・クサンテンは思わず歯噛みした。

自分を探して天文学者ホルテン・デニクが司令室に入ってきたときは、またぞろナンセンスを聞かされるのかと思ってうんざりした。

ホルテン・デニクは見るからにとりみだしている。まるで、艦内で幽霊に遭遇したかのように。

「とんでもないことがわかりました」と、興奮した口調で、「地球から半年ぶんが失われたか、くわえられた……あるいは、ここの艦内時間が半年ぶん進んだか、さかのぼったのかもしれません。どう考えたものやら。つまりですね、そのう……天体観測したところ、これが時間収縮効果によるものでないことは明らかで……とにかく、地球が半年ぶん狂っています」

「なんのばか話をしているのだ、ホルテン」ブラッドリー・フォン・クサンテンはどなりちらした。「もっとわかりやすく説明しろ！」

「は、お待ちを」天文学者はやっとおちつきをとりもどし、「いまは一月のはじめです。ところが、地球がいるのは太陽公転軌道上で七月のポジションなのでして。つまり、本来あるべき位置からは〝合〟に当たるポジション……まったく逆の、太陽の反対側にいるわけです」

「こりゃたまげた！」艦長は驚きの声をあげた。「それにしても、なぜいまになって、そのことをいいにきたのだ？」

ホルテン・デニクは曖昧《あいまい》な笑みを浮かべる。

「あることに思いいたったのです。われわれ天文学者はルーチン計算をおこなう過程ではじめてこの事実を発見し、地球と月が太陽の反対側に移動させられたのは疑いないという結論にいたりました。これが人類の失踪に関係しているのではないでしょうか」

「そのような英知を披露する必要はない」ブラッドリーは言下に拒否した。「きみに期待するのは正確な天文学データの提供だけだ。ただし、その計算とやらが絶対確実なものならいいが」

天文学者はむっとして出ていく。おかげでブラッドリー・フォン・クサンテンは、大人げないふるまいを詫びる機会を逸してしまった。デニクの主張をつぶさに精査してみたところ、地球と月が本来のポジションの反対側にあるのはたしかだったのだ。

どうしてこんなことが？　艦長は自問した。太陽系になにが起こったのか？

このあらたな知見はこれまで出てきた疑問の答えにはならず、謎はますます深まるばかり。

そこへロワ・ダントンから通信が入り、先ほどの天文学データの件に負けず劣らずセンセーショナルな報告を聞かされる。それは、消えた人類の謎を解く鍵になるのではないかと期待させるものだった。

「ハンザ司令部から撤退する」と、ダントン。「ここではもうすることがない。技術機器はすべて、役にたたぬ高価なおもちゃにすぎないからな。われわれ、タウレクに合流しようと思う。生きた人間のシュプールを発見したらしい」

ブラッドリー・フォン・クサンテンはすぐタウレクに通信をつないでみた。だが、コスモクラートの使者は応答しなかった。

＊

鳥だ。アスコ・チポンにはすぐにわかった。鮮やかな色をした鳥がさえずりながら、枝から枝へ飛びまわっている。まるで、こちらの注意を引こうとするかのように。

アスコはゆっくりとパラライザーをとりだし、最小出力にして狙いをつける。目標にあと数歩のところまで近づくと、鳥が枝からはなれた。かれは一瞬ためらったが、気を奮いたたせ、引き金を引いた。

麻痺ビームが命中。だが、鳥はすぐには反応せず、数秒たったのち、身を震わせて枝から落ちた。しばらくしてやっと動くことを思いだしたように見える。もちろん、そんなはずはないのだが。

草むらを探すが、落ちたはずの場所に鳥は見つからない。あたりを見まわしても、どこにも姿はなかった。そのとき頭上でさえずりが聞こえ、見あげてみる。

木のてっぺんに、さっき麻痺ビームが命中したのとよく似た鳥がいた。同じ鳥かどうかはわからない。またパラライザーを向けると飛び去って、もう二度とあらわれなかった。

静寂がもどる。

そこでようやくアスコは気づいた。この静けさは尋常じゃない。なにも聞こえないのだ。虫の羽音も、鳥の声も、風が葉を揺らすざわめきも。

そのとき、いきなり風が音をたてて木々の枝を吹きぬけた。アスコは寒気《さむけ》をおぼえる。何種類も無数にいる仲間を代表する、たった一羽の鳥。自然の力をしめすものとして登場した、一度きりの風……

だが、いま自然はふたたび沈黙している。

これは異常だと、タウレクに注意をうながそう。そう思って探したが〝ひとつ目〟はどこにもいなかった。大声で呼んでもこだまが返るばかりで、返事はない。

だれかに観察されているような不気味な感じがして、アスコは急いで《シゼル》の着陸場所にもどった。そこにもタウレクはいない。一瞬、乗りこもうかと考えたが、タウレクが操縦ピラミッドをいじっていたのを思いだしてやめた。罠がしかけられているかもしれない。引っかかるのはごめんだ。

ロワ・ダントンのグループかほかの調査隊に連絡をとろうか……そう考えていると、《シゼル》の上方に幽霊現象がふたつ、あらわれた。

最初はかたちのない霧のような感じで、とくに強く光ることもなかった。だが《シゼル》に近づくにつれ、はっきりした輪郭ができはじめる。

そのひとつから人間の上半身がかたちづくられ、やがて頭部が生じた。向こうが透けて見えるが、腕と脚もある。頭部には仮面のような女の顔までついている。もうひとつの幽霊は胴体がなく頭だけだが、顔はよりくっきりしていた。

不完全ながら、これまで見たなかではいちばん明確な具象といえる。これにより、この幽霊現象が人間に関係することはますますはっきりした。あるいは、すくなくとも幽霊が人間を手本にしている。

アスコが動けずにいると、ふたつの幻は《シゼル》の近くまで浮遊してきた。低くささやくような音が聞こえる。まるで会話しているようだが、内容はわからない。本当に会話しているかどうかも定かではない。

そのとき突然、乾いた破裂音がして《シゼル》上方にエネルギーの泡が生じ、幽霊の一体をつつみこんだ。女の顔と半身を持つほうの幻だ。

エネルギー泡は幻をとらえたと思うと、しなびたように縮み、《シゼル》のなかに入りこんだ。もう一体の幽霊は怒ったような反応を見せ、しばらくエネルギー泡が生じた場所をつむじ風のように旋回していたが、やがて消えた。

アスコはほっとして、ふたたび《シゼル》のほうへ向かったものの、足をとめた。タウレクがほかにも保安処置をほどこしたかもしれないから。自分はただ、かれに罠が閉じたことを知らせたいだけなのだ。じきにあらわれるといいのだが。

そのとき本当に、貯水池の左の林に人影があらわれた。アスコはそちらに向かって本能的に一歩を踏みだし、立ちどまる。そこにいるのはタウレクではない。

ひとりの少女だ。

ふたりはたがいに見つめ合った。

彼女は若く、すらりとして背が高い。ゆるくカールした長い髪が夕日を浴びて赤く輝いていた。からだの線に沿う柔らかな衣服を身につけており、スタイルのよさがきわだつ。だが、アスコはそれを見ていなかった。彼女の顔から目がはなせなかったのだ。そこにはまじりけのない驚きがうつっていたが、やがて不安の色を帯びてきた。

「それ以上近づくな!」気がつくとアスコはそういっていた。「これは罠なんだ」

その声の響きを聞いて少女ははっとし、くるりを踵を返すと、きた方向へもどっていった。

アスコはなにも考えずにあとを追った。セランの装備を使えば追跡が容易だということにも思いいたらない。まともに考えられる状態ではなかった。

あの子にどこかで会ったことがある……少女の顔をひと目見てそう思い、興奮のあまり夢中で追いかけていた。なぜこれほど惹かれるのかわからないが、あれこれ考えることはしない。全体の印象に魅せられたのだ。この世のものと思えない美しさやその肉体から湧きでる、多彩な感情の表現に。

　脚の動くかぎり走りつづけた。だが、ついにくたびれはてて、木の幹によりかかる。「お願いだから行かないでくれ！」と、必死に叫んだ。「なにもしないよ。ただ、きみと話がしたいだけだ」

　興奮がおさまったとたん、現実が見えてくる。もしや、この出会いは夢ではないのだろうか。

「悩みでもあるの？」と、心地よい声がいきなり目の前で聞こえた。「驚かせるつもりはなかったのよ。ただ、あなたを見たら恐くなったものだから」

　目を凝らすが、だれもいない。

「きみは本当に存在するのか？」

　前にある茂みのどこかから、おさえた笑い声がした。

「もちろんよ」

「なら、もう逃げないで。近づかないと約束する。はなれているから。そうすれば、姿を見せずにいられるだろう」

　目の前の茂みがふたつに分かれ、栗色の髪に縁どられた少女の顔があらわれた。

「本当に約束を守ってくれるわね。忘れないで。わたしたち、はなれていたほうがおたがいのためなの。あなたを傷つけたくないわ」

「そんなこと、きみがするはずない!」

少女の顔にふと悲しみのようなものが浮かんだ。背を向けて去っていく。遠ざかる足音はかすかで、ほとんど聞こえないくらいだ。裸足なのにちがいない。

「どこへ行くんだ?」アスコはためらいつつ、追いかけはじめた。

返事はない。アスコは早足で藪をいくつか踏みこえ、少女が見える場所まで行った。彼女はおずおずと肩ごしに振り返り、すこし怒ったような顔をする。アスコはあわてて速度を落とした。

「だったら、名前を教えてくれるかい?」そういってみる。

「タニヤ・オイッカよ」と、答えがあった。「タニヤって呼んで。よかったら、わたしの庭を見せてあげる」

アスコはひたすら少女を追った。

# 5

「ねえ、気づいた？　番人たち、こっちに突然かまわなくなったわよ！」四人めの女テラナー、ロタ・モニハンの言葉に、一同は当惑して黙りこんだ。

「本当だ」ヤンコプルがうなずく。「オルソがもどって以来、うるさい幽霊は姿を見せていない」

「やつら、新しい獲物を見つけたのさ」オルソはにやりとして、パイプ形の小型機がとまっている場所をさししめした。

そこへガルト・アロンツがあらわれ、かれらの会話を耳にした。ガルトとオルメナーはオルソが帰ってきてからずっと通信機に張りついていたのだが、その甲斐あって、興味深い情報を傍受したのである。これで今後の計画にも着手できそうだ。

仲間たちに情報を伝えたときには、すでにアイデアが浮かんでいた。

「オルソが見たというスペース＝ジェットは《ラカル・ウールヴァ》の搭載艇らしい。去年の三月にフロストルービンめざして出発した銀河系船団の一隻だ」と、話しはじめる。「テラとルナのいたるところに同じような搭載艇が着陸している。でも、まさかここが偽テラだとは、だれも思ってないはず。こっちの存在に気づかれたのはたしかだが、正体は知られてない。これは有利だ。われわれ、第二地球の警備員と見せかけて、かれらの前に登場しよう」

調査隊の面々に対してどういう言動をすればいいか、ガルトはこと細かく仲間たちに説明した。

「きみらがこのとおりにふるまえば、きっと信用させられる。そこで今後の計画だ。あのパイプ船があったってなにもはじまらないが、《ラカル・ウールヴァ》の搭載艇を一機おびきよせて拿捕《だほ》すれば、それに乗ってミーマに帰還できる。これで問題はすべて解決だ」

「つまり、空手で帰るというのか？」ヤンコプルの子分でいかつい体格をしたガスポッドが訊いた。

「獲物のことは二の次だ」オルメナーがガルトにかわって答えた。「まずは宇宙船を手に入れないと。こちらの存在はどっちみち知られてるんだから、相手の注意を引くのはかんたんだろう。われわれのだれかがあの妙なパイプ船の近くに行けば、べつの搭載艇がすくなくとも一機やってくるはず。オルソがおとりになるべきだな。ことのはじまりはかれなんだから」

「そんなの不公平だよ」小柄なテラナーは文句をいう。

「危険はまったくない」と、ガルトが口をはさんだ。「疑似地球の警備員だといいはれば、向こうは信じるさ。なにか不測の事態が起こったら、絶対に救いだしてやるから」

ガルトはもう一度オルソにどうふるまうべきか説明したのち、どんな乗員がいるのか皆目わからないパイプ船の着陸場所に向かわせ、そのうしろからエレミーンを送りだす。安全な距離をたもち、けっして姿を見られるなといいきかせて。それから、のこる全員を着陸場所の周囲あちこちに分散して配置した。べつの搭載艇が着陸したら、ふたたび集合するのだ。

いつのまにか夜になっていたが、相いかわらず番人の姿はなかった。実際、磁石に引きつけられるように、着陸したパイプ船のそばに行ったと思われる。

それが事実だとわかったのは、貯水池の近くにきたときのこと。池のほとりには中央に奇妙な出っ張りを持つ未知の転子状船があり、その周囲にあとからあとから光現象が生じていた。ざわざわとささやく声があたりに満ちる。ただ、番人たちは未知船に敬意を表して距離をたもっているようだ。

ガルトは着陸場所のようすがよくわかる格好のかくれ場を見つけた。そこから、オルソが慎重に未知船に近づいていくのを見る。番人たちはそれを遠巻きにしていた。なんだか避けるような感じで、切れ切れに声を発している。まるでだれかに警告しているみたいだ。オルソに気をつけろ、と、未知船の乗員にいいたいのか？

そのオルソは貯水池を迂回して、転子状船の先端に二十メートルのところまで近づいた。先端といっても、どっちが前でどっちがうしろかも不明だが。小柄なテラナーはコンビ銃をブラスターにセットし、安全距離をとったまま未知船の側部に接近。プラットフォームのある中央部までくると、いったんとまり、ゆっくりと歩きはじめた。

そこで、だしぬけに立ちすくむ。まるで一発殴られたか、見えないバリアに衝突したように。ひと声叫ぶと、後退し、未知船に向けてブラスターを発射した。ところが、エネルギー・ビームは外殻までとどかず、すこし手前で消滅し、なにごとも起こらない。近くにある木々の梢から番人が大挙して押しよせ、口々にわめきはじめた。

オルソになにか伝えようとしているんだ！　ガルトはそうひらめいた。

しかし、その警告は遅すぎた。オルソは不可視の力にとらえられ、痙攣《けいれん》したと思うと、彫像のようにかたまってしまう。ブラスターが手から落ちた。

そのとき、空き地のはしに一ヒューマノイドが姿をあらわした。だが、ガルトにはすぐわかる。この男はテラナーではない。人間に似ているというだけだ。銀色とブルーに輝く鎖帷子《くさりかたびら》のような衣装を身につけ、それがさらさらと音をたてる。男は幅広のベルトに両手のおや指をかけたまま、動けないオルソに近づいた。角張った顔、黄色く燃える目……その目のせいで、ヒューマノイドなのに人間ばなれして見える。

男がベルトにわずかな動きをくわえると、オルソの硬直はたちまち解けた。小柄なテラナーはすぐにかがんでブラスターをひろいあげ、男に向かって叫んだ。

「ヴィシュナの手下だな。だが、あんたらに地球はわたさないぞ！」

オルソ、よくいった。ガルトはひそかにほくそえんだ。だが、その笑みが凍りつく。異人が左手でベルトをいじり、右手でオルソのほうをさししめしたとたん、射撃姿勢をとる間もなく銃が奪われたのだ。

この瞬間、エレミーンがかくれ場から飛びだした。

「あのばか！」ガルトは思わず、「いったい……」

言葉が途中で断ち切られる。だれも予測していなかったことが起こったのだ。木々の梢にいた番人たちがいっせいに悲鳴をあげる。それがいきなりやむと同時に、空き地の一部が黒く沈み、エレミーンがのみこまれた。かれとその周辺の地面、数百平方メートルが一瞬にして消えたのである。茂みがあったその場所には、いまや真空穴が口を開けていた。

またもや疑似地球の一部が虚無に失われたのだ！

「なぜこんなことが？」異人は驚愕したように、自分のベルトの装置に目をやって、

「なにが起こったんだ？」

「ヴィシュナの陰謀にきまってるだろう。知ってるはずだ」オルソがいいかえした。友

エレミーンが消えたショックからよく立ちなおったな、と、ガルトは思う。あいつならそうできるとわかっていたが。「あんた、手下なんだからさ」

「わたしはタウレク、テラナーの友だ」異人はそういうと、オルソに近づいた。「ヴィシュナについてもっと聞かせてくれ。《シゼル》に招待しよう」

タウレク！　ガルトはその名を傍受した通信で知っていたが、なにもいわなかった。かくれ場から見ていると、オルソは《シゼル》という名の乗り物のエアロック・ハッチに向かい、異人とともになかに入った。ハッチが閉まる。

ガルトはかくれ場を出て仲間たちを呼び集めた。そのとき、地面の一部が柔らかくなってたわみはじめ、くるぶしまで沈みこんでしまう。あわてて後退し、安全を確保してから、信じられない思いでその場所を観察した。草が密生してしっかりした地面に見えるが、大きめの石をひとつとって投げてみると、石は沈み、草のなかに消えた。だが、その後はなにごともなかったようになる。穴があいたわけでもないし、物質が不安定になっているようすもない。

こんなことははじめてだった。今後はより慎重にならなければ。疑似地球はますます居心地悪い場所になるだろう。そろそろおさらばする時期だ。

仲間たちが集まると、鋭い風切り音があたりに響いた。すぐにスペース＝ジェット一機があらわれる。真空穴の近くで減速し、それを避けて《シゼル》のそばの空き地に着陸した。二機の距離はほぼ三百メートル、あいだにはひろい草むらがある。

「こりゃ好都合だ」ガルトは満足げにいった。オルメナーといっしょに着陸場所へ近づき、藪ごしにスペース＝ジェットが見えるところまで行く。エアロック・ハッチが開き、人間四名が降りてきた。

信じられない。そのうち二名はロワ・ダントンと妻のデメテルではないか。だが、ガルトはすぐに驚きから立ちなおり、

「たとえダントン夫妻でも、われわれが疑似地球から脱出するのをとめることはできない」と、つぶやいた。

「あのスペース＝ジェット、われわれの用途には少々ちいさすぎないか？」オルメナーが考えこむ。「コルヴェットならよかったのに。お宝をいくつか持って帰らなくていいのか？」

ガルトは手を振って否定し、

「ミーマに帰ってから、あらためて出なおそう。まずなにより必要なのは宇宙船だ。ぜんぶで十一名だから、大きな搭載艇よりスペース＝ジェットくらいがちょうどいい」

「なぜ十一名なんだ？」オルメナーが不審げに問いただす。「オルソはもう除外するってことか？　親友なのに」

ガルトはウニト人の鼻に手を置き、

「わたしの親友はきみだ、オルメナー。あとの連中はどうでもいい」

ガルトとオルメナーは、デメテルとロワ・ダントンが同行者ふたりをともなって《シゼル》のほうへ遠ざかるのを見とどけてから、仲間たちのもとへもどった。

あとはオルソしだいだ。芸術品の警備員としてテラに残留したのだと、異人に信じこませることができるだろうか。

＊

「わたしはメンタル安定人間だぞ」オルソは嘘をついた。「たとえ拷問されたって、テラの防衛計画は洩らさないからな」

タウレクは嘆息し、

「わたしはテラになにがあったのか、人類がどこへ行ったのか、知りたいだけだ。ヴィシュナとなんの関係もないことはすぐにわかる。もうすぐロワ・ダントンがくるから、証明できるはず」

ハンザ・スポークスマンの名前が出たので、オルソはかっと熱くなった。でも、と、自分にいいきかせる。地球にのこった警備員だとあくまで説明すれば、ダントンだってなにもいうまい。《ラカル・ウールヴァ》の面々は十カ月近くも留守だったんだ。太陽系になにが起こったかなんて、予測もつかないだろう。

「だまされるもんかい」オルソはにべもなく応じる。

その後、タウレクに無理やり一キャビンへ連れていかれた。武器を押収されていなければ、かれに好き勝手させないのだが。いちばん恐ろしいのは洗脳だ。とはいえ、虎の目を持つこの男が本当にテラナーの友だというなら、きっとそこまではやらないだろう。オルソはそう考えるものの、全身汗だくになる。タウレクの異質さが原因だと、相手が思ってくれるといいが。

「よくわからない男だな、きみは」タウレクはふっと笑い声をもらす。だが、すぐ真剣な顔になって、「アスコがいないのは残念だ。かれなら、きみがなにをたくらんでいるか動作学で解明できたかもしれない。わたしと同じような体格をした赤毛の若者なのだが、どこにいるか知ってるか？」

オルソは首を振った。

「わかるのは、警備員メンバーのだれもアスコとやらを見かけてないってことだけだ。われわれ、いままでかくれていたから。その男もやっぱりヴィシュナの手下なのか？」

この問いにタウレクはとりあわず、

「きみにいくつか訊きたいことがある。しゃべっても、守秘義務違反にはならない。もし進んで話す気がないというなら、ほかの手段を使うことになる。たとえメンタル安定人間でも関係ない。意味はわかるな？」

虎の目に射抜くように見つめられ、オルソはおじけづいた。相手の言葉が脅しでないことはたしかだ。

「あんたの助けにゃならないと思うけど」と、かすれ声で答えた。「わたしは事情通じゃない。しがない警備員だ」

「しかし、テラになにが起こったかは知っているだろう。地球住民はどこへ行った？」

「ヴィシュナに拉致《らち》されたのさ」オルソはガルトから聞いたままの話をした。「ヴィシュナの手下なら知ってるんじゃないのか、タウレク。ここには百億を超える住民がいたが、のこったのは怪しげな幽霊がわずかばかりだ」

タウレクは納得してうなずいた。ほぼ予想していたとおりだ。

「で、そこらじゅうにある真空穴は、いったいなんなのだ？」と、たずねる。

「ヴィシュナは地球を輪切りにすると脅迫していた。それを実行にうつしたんだろう」

タウレクはまたうなずいてから、

「そもそも、どうして地球はポジションを太陽の反対側に変えたのだ？」

「なんとまあ、あんたにそれがわからないとは！」オルソは大声をあげて時間を稼ぐと、どうにか答えをひねりだした。「ヴィシュナがテラとルナを拉致するには、ポジション変更が不可欠だったんじゃないか。あんたのほうがくわしく知ってるだろう」最後の瞬間に思いつき、こうつけくわえる。「惑星規模のブラックアウトが発生した理由もさ」

してやったり、と、オルソは思った。うまく話をまとめたぞ。これで、ここが疑似地球だという事実をごまかせただろう。

「きみの話をたしかめるつもりなど、わたしには毛頭ない。それはほかの者がやることだ」タウレクはそういうと、オルソを凝視して、「さて、こんどはまったくちがう質問をひとつするぞ。答えれば解放してやる。あとはしたいようにすればいい。よく聞け！　ここには〝かれ〟がいるのか？」

「だれが？」気がつけばオルソはそう訊き返していた。だが、タウレクは返事をするかわりに虎の目でこちらをじっと見つめるばかり。

不気味な異人はベルトからなにかをとりだし、操作する。そのとたん、オルソは頭のなかでなにかが爆発し、内臓がすべて引っくり返ったようになった。精神が押しつぶされ、めちゃくちゃにかきまわされ、ふるいにかけられる。あとから考えると、実際に起こったことかどうかもわからなかった。やがて、がらんどうになった頭に、すこしずつ記憶が満たされはじめた。とはいえ、記憶は一部が欠けている。そのかわり、恐ろしい経験をしたという印象がひろがりだした。まるで、ほんの一瞬のあいだにこの世の地獄をすべて通ってきたような気になる。こうした記憶を刻みこまれ、オルソは自問した。もしやタウレクは、かれ自身に起きた出来ごとをこちらに追体験させたのではないだろうか？

「もういい！」タウレクは打ちのめされたようだ。失望の色が見てとれる。「それでもわたしは感じる……〝かれ〟がここにいると」独白のようにそういったあと、いきなり顔つきが変わり、若々しい明るさを振りまきながら、「さ、行っていいぞ！　ここで起こったことはだれにもいうなよ」

オルソはこっくりとうなずいた。なにが起こったのか、さっぱりわからない。それはともかくとしても、受けた印象を言葉にすることなどとうていできないだろう。かれは《シゼル》を出ると、闇夜にまぎれた。

＊

ロワ・ダントンとデメテルは同行の男ふたりとともに《シゼル》のところへやってきた。機のエアロック・ハッチは開いたままで、なんの防御処置もとっていないようだ。バリアも張られていないし、こちらのセランに装備された機器では監視者も探知できない。

《シゼル》の右側に黒い真空フィールドが生じている。デメテルはそれを夫にさししめし、

「この物質穴がなんなのか、着陸のさいにはよくわからなかったけど、まさかタウレクが吸いこまれてしまってないでしょうね？」と、心配そうにいいだした。飛行中にも似

たような穴を三つ観測したが、正体は判明していない。

　ロワは通信機を作動させ、

「異状はないか、タウレク？」と、呼びかけた。

「入ってきてくれ。あっと驚くものを見せるから」コスモクラートの使者は上機嫌で応答する。

「あなたがそういう場合、いい意味での驚きかどうかわかったもんじゃないからな」と、ロワ。タウレクは哄笑した。

　一行は《シゼル》のエアロックに足を踏み入れる。光る矢印にしたがって左に進み、通廊を過ぎると、一キャビンに到達した。かなりせまいが、それは室内がエネルギー泡でほぼいっぱいになっているからだ。エネルギー泡のなかに、女がひとりいた。簡素なコンビネーションを身につけ、ブロンドの髪はゆるく肩にかかっている。泳ぐように手足を動かし、目を不自然に見ひらいて頬をふくらませている。息をとめているようだ。

　タウレクはその前にいた。考えをめぐらせながら女を観察している。振り返ることなく、こういった。

「獲物だ。どうだい？」

「地球住民の残留者ね。なぜ、ここに閉じこめたの？」と、デメテル。

「これはただの幽霊だ。エネルギー・フィールドに閉じこめないと姿は見えず、実体を持ってあらわれることもできないのでね。残留者なら、すでにひとり捕まえて、もう逃がした。なんだかよくわからない男だったよ。かれの話だと、全地球住民は拉致されたらしい。ここにのこったのは行き場のない幽霊が数体だけだそうだ」

タウレクはオルソから得た情報を伝える。それを聞いてダントンが、

「幻想的な話だが、事実と完全に符合するな。ここにいる女からもっと情報を得られるかもしれない。彼女とコンタクトはとれるのか、タウレク？」

〝ひとつ目〟はうなずいた。

「きみたちがくるまで待っていたのだ。調べてわかったのだが、彼女の像は純粋なメンタル・エネルギーでできている。つまり、精神プロジェクションにすぎない。ほかの幽霊現象もみな同じだ。かつてこの惑星に住んでいた人々の精神ということ。それは、わたしが捕まえた男の供述とも合致する」

「早くコンタクトを成立させて」デメテルが待ちきれないように、「わたしが話してもいいかしら？」

「いいとも」タウレクは承知したが、こうつけくわえた。「ただ、女にはきみが見えないと思う。べつの次元に存在するので。向こうからすれば、きみのほうが幽霊に感じられるはずだ。残念ながら、きみの姿を彼女に見せる手段はない」

それから、準備ができた合図をデメテルに送る。彼女は女に話しかけた。

「あなたはだれ？　名前は？　テラナーなの？」

女はエネルギー泡のなかで周囲を見まわした。その唇が動く。出てきた声はひずんでおり、どこか遠くから聞こえるようだ。

「自分がだれだか、もうわからない。テラナーかどうかも。だけど、以前はたしか……オルニラと呼ばれていた。オルニラ・モーガンよ。そういうあなたはだれ？　なぜ姿が見えないの？　というより、なんにも見えないわ！」

「わたしはデメテル。ペリー・ローダンの息子ロワ・ダントンの妻よ。隣りにロワもいるわ」

「デメテルにロワ・ダントン？」女は額にしわをよせて考えこんだ。「でも、かれらは銀河系船団とともに出発して……まだもどってないはず。あなたのいうこと、本当だとは思えないわ。だまそうとしてるのね」

「いいえ、本当よ」デメテルは《ラカル・ウールヴァ》が太陽系に帰還したいきさつを説明した。一千万光年かなたのM－82銀河からもどってみたら、そこには人々が置き去りにした地球があるばかりだったと。そして、こう締めくくる。「あなたがいる場所はどこ、オルニラ？」

オルニラは首を振り、拒否するように腕を動かす。

「置き去りにしたんじゃないわ。ただ、わたし……奇妙なところから地球を見ているようで……見えないこともしょっちゅうあるの。まるで、自分がふたつの場所に同時にいるみたい。一時的なものだけど。地球にいたと思うと、次の瞬間はここにいて……」

「〝ここ〟というのは地球でしょ」と、デメテル。「わたしはいま地球にいるのよ。テラニアの公園にね。あなたはどこに？」

「わたしは……わたしがいるのは……」女はいいよどんだ。考えをめぐらせている。

「あなたがいるのはどこなの、オルニラ？」

「グレイの回廊……そう！　ここはグレイの回廊よ。地球がどんどん遠くへ……遠くへ……」

「グレイの回廊？　それはいったいなに？」

「ヴィシュナの武器よ。地球は姿を消し、どんどん遠くなる。わたしも同じ……ヴィシュナ！　あんたはヴィシュナね！」

「デメテルよ」

女は唐突に笑いだしたが、ヒステリックな悲鳴にしか聞こえない。

「おちついて、オルニラ」デメテルは彼女をなだめようとした。「あなたから見えないかもしれないけど、わたしはデメテルで、隣りにいるのはロワ・ダントンなの。わたしたち、あなたがいまの状態から解放されて地球にもどれるよう、できるかぎりのことをするつもりよ」

女はその言葉が聞こえなかったかのように、また手足を泳がせはじめ、自分の周囲をめちゃくちゃにたたきまわる。ふたたび口を開いたときは、ひどい金切り声になっていた。

「デメテルとダントンは遠いところにいるわ。あんたはデメテルの仮面をかぶったヴィシュナよ。だまされるもんですか。ああ、わたし、もう消えてしまう……ほかの人々も……地球といっしょに。はてしないグレイの回廊に落ちていく。引き裂かれる……」

エネルギー泡が脈動しだした。タウレクが一装置のスイッチを操作したのだ。おそらく、オルニラ・モーガンの精神プロジェクションをおちつかせ、安定化させようと思ったのだろう。だが、プロジェクションはしだいに薄く透けはじめ、声も甲高《かんだか》くなり消えていく。

「オルニラの精神を解放して、タウレク！」デメテルが驚いて叫んだ。「自由にしてあげて。そうしないと……」

エネルギー泡が収縮する。そこからかすかな光現象が出てきたと思うと、壁を通りぬけて消えた。

静寂のなか、タウレクがいった。

「これですくなくとも、人類が消えたのはヴィシュナのせいだとわかったわけだ。しかし、不明な点はまだいくつかある。全体の関連が見えてこない」

「グレイの回廊というのはなにを表現していると思う?」ダントンが訊いた。「テラナーたちは上位連続体に引っ張られたのか? あるいは、時間泡にとらえられたか? どこか近くの上位次元で苦しんでいて、ときおり精神プロジェクションの姿で地球にあらわれるのだろうか?」

「つまり、人類はテラという惑星に固執している。だから、そうした思いのとくに強い精神が次元のバリアを突破して、くりかえしここにもどってくるということか?」タウレクはしばし考えて、「一理あるかもしれんな。またほかの幽霊を捕まえて調べる必要がある」

「オルニラ・モーガンにあんなことをしておいて、まだ懲《こ》りないの?」デメテルが批判的にいう。

「事実はすこし異なる」タウレクは反論した。「われわれが見たのはオルニラの意識の一断片にすぎない。わたしがしたのはせいぜい、彼女をその意識の反射から解きはなったことくらいだ。だが、望んでそうしたわけではない。不可抗力であり、自分ではどうにもできなかった。とはいえ、安心していい。こんどは自分自身のからだを使ってためすつもりだから」

「あなた自身のからだを?」デメテルはびっくりしたようだ。

「精神だけの存在にとり、喉から手が出るほどほしいものが、肉体のほかにあると思うかね？」

ロワがコメントしようとしたとき、スペース＝ジェットの女艇長アイセル・トリーゴルから通信連絡がきた。緊急事態らしい。

「お客がきたんです、ロワ。信じられないでしょうけど」アイセルの声には当惑があった。彼女自身、信じられないとみえる。「ほんものの生命体です。種族はさまざまで、テラナーのほか、ブルー族にスプリンガーにアラス、ウニト人までいました。自分たちはGAVÖKの警備員で、芸術品を監視するため無人のテラに派遣されたのだと主張しています。こちらが銀河系船団所属だといっても信じようとせず、掠奪目的かなにかと思っているみたいで。厄介な状況になりました」

「スペース＝ジェットを防御し、機内にたてこもれ。折りをみて介入する」ロワは指示を出した。

「無理です。もうジェットを出てきてしまったので」と、アイセル。

「全員か？」

「全員です」

「なんと軽率な！」

「そんなこといえますか？　みんな、GAVÖKのメンバーに会えて大よろこびだったんですよ。やっと地球の現状についての説明が聞けると思って」

「わかった、アイセル。GAVÖKメンバーの代表と話をさせてくれ。わたしが誤解を解こう」

「ここにいますが……」

「ガルト・アロンツだ」無愛想な声が聞こえた。「おとなしくスペース＝ジェットを明けわたせ。きみたちのもくろみは破綻した」

「おいおい、すっかり理性をなくしているらしいな。こちらは一千万光年を翔破してもどってきたのだぞ。なのに地球は無人で、おまけに美術品泥棒だと思われている。親愛なるガルト、わたしはロワ・ダントンだ」

「そうか。だったらわたしはGAVÖKフォーラム議長のプラット・モントマノールだ」ガルト・アロンツはまったく動じない。「職権により、そちらのスペース＝ジェットを没収する」

しばらく間があって、ふたたびアイセル・トリーゴルの声がした。

「どうしますか、ロワ？」

「抵抗するな、アイセル。スペース＝ジェットはその頭のおかしい連中にくれてやれ。どうせ遠くへは行けない。わたしはこの件をほかの搭載艇に通報する」ロワは通信を切ると、とほうにくれたように、「信じられん。事情を聞きもせず、われわれのことを掠奪者だと疑うなんて」

「話がその逆だったらどうする?」タウレクがにやりとする。

ロワはあっけにとられて、

「ずうずうしいにもほどがある!」そこでまた通信機が鳴った。不機嫌に応じる。「こんどはなんだ、アイセル?」

「アイセルじゃありません。ブラッドリー・フォン・クサンテンです」《ラカル・ウールヴァ》艦長のせっぱつまった声がした。「いま、とんでもない連絡を受けました。ルナが霧散しつつあると。まさにその言葉どおり、月の質量がどこかへ放出されていて、このままいけば、ルナはまもなく消滅します。調査隊には帰還命令を出しましたが、テラも同じことになるのではないかと危惧しているのでして」

「われわれはここにとどまる。消えた地球住民の謎を解くまでは帰らない」ロワはそう答えると、通信を切った。同行者たちのほうに向きなおり、「こうなったら、自称GAVÖKメンバーの連中を押しとどめて話し合わなくては。タウレクは……ひとつ目はどこだ?」

急いでエアロックに向かったが、閉まっている。踵を返して制御プラットフォームに行ってみると、鞍に似た操縦席にタウレクがすでにすわっていた。《シゼル》は地面をはなれてスタートした。

# 6

「うまくいったぜ！」ガルト・アロンツは浮かれて叫び、ヤンコプルのひろい肩をたたいた。氏族に見捨てられたスプリンガーの族長は操縦席にすわっている。「こんなにたやすく成功するとは思わなかった。出発だ、ヤンコプル！」

スプリンガーはスペース＝ジェットをスタートさせた。発着場には本来のジェットの乗員たちが所在なさげに立っている。ガルトはそれを装甲プラスト製キャノピーごしに見て、ざまみろといいたげに手を振った。コクピットにはかれとヤンコプルのほか、オルメナーとオルソが陣取っている。のこりの兄弟姉妹の居場所は下層デッキだ。

「おい、いっしょによろこべよ！」ガルトは成型シートにうずくまっているオルソに声をかけた。「なにがあった？　やけにようすが変だが」

オルソは唇を動かすものの、言葉が出てこない。

「さ、ミーマへずらかるぞ」ヤンコプルの表情は硬い。いまは、氏族を追跡して《ヤンコプルズ》をとりもどすことしか頭にないのだろう。

やがてガルトの高揚感も消えた。真剣な顔でこういう。

「ロワ・ダントンが警報を出すはずだ。だが、ほかの搭載艇が包囲網を張っても、きみなら突破できるさ、弟ヤンコプル。このくそったれ第二地球ともついにおさらばだ」

突然、オルソが悲鳴をあげ、シートから跳びあがった。透明キャノピーごしに上方を凝視している。そこには長くのびる影があらわれていた。全長八十メートルのパイプ形宇宙船が、スペース＝ジェットの真上に貼りついている。

「《シゼル》だ！」オルソが驚愕して大声を出した。「タウレクに捕まってしまう。あの悪魔、われわれを連れ去る気だ」

「ヤンコプルにまかせろ」ガルトは自信たっぷりに、「よし、兄弟。目にもの見せてやれ」

スプリンガーはスペース＝ジェットをめちゃくちゃに操縦する。だが、何度コースを変更してもパイプ船はびくともせず、つねに真上にとどまっていた。ヤンコプルは度を失って、

「ありえない。あんなパイプ船がこっちと同期して動けるはずはないんだが」

「振りきれ！　ベストをつくすんだ、兄弟」ガルトがせっつく。

そのとき、だれもスイッチを入れていないのに通信装置が作動し、スピーカーからおだやかな声が朗々と響いてきた。

「あきらめろ。方向転換し、着陸するのだ。きみたちは進退きわまった」

「そんなことするもんか！」と、ガルト。この五カ月、メンバーたちの前で面子《メンツ》をたもつためにおさえてきた感情が、いっきに爆発する。「第二地球には絶対にもどらない。もどるくらいなら、撃たれたほうがましだ！」

「なら、戦うか？」その声には皮肉がにじんでいた。「力くらべでわたしと決着つけようと、本気で考えているのか？」

「あの声はタウレクだ！」と、オルソ。「われわれ全員やられてしまう……」

「黙ってろ！」オルメナーが割りこみ、オルソの顔を鼻でたたいた。「タウレクだかだれだか知らんが、手出しできないさ。こっちに撃ってくるなんて、ロワ・ダントンが許すはずはない」

これがタウレクに聞こえたらしく、スピーカーから声がした。

「撃つ以外の手段をわたしが持たないと思うのか？　だったら、見ているがいい！」

しばらくはなにも起こらない。だが、やがてガルトは気づいた。スペース＝ジェットがコースを変更し、スタートした場所へともどっていく。同時に降下しはじめ……相いかわらず真上には《シゼル》がくっついていた。

「なんとかしろ、ヤンコプル！」ガルトはスプリンガーをどなりつける。

「無理だ」相手は絶望的なようすで応じた。「なにをしても装置がいうことをきかない。

牽引ビームみたいなものに引きつけられている。強制的に着陸させられるだろう」

ガルトははっとした。パイプ船から人影があらわれ、スペース＝ジェットの透明キャノピーにおりてきたのだ。

「タウレク！」オルソが狂ったように叫んだ。

その男は両脚をひろげて装甲プラスト製キャノピーの上に立っている。風の抵抗をものともせず、ほほえんでこちらを見おろしていた。鎖帷子のような衣服を身につけ、装備の入った腰ベルトに両手を置いている。そばかすだらけの角張った顔。その唇が動くと、操縦コクピットにいても声がはっきり聞こえてきた。

「じきに着陸するぞ。その後、ロワ・ダントンとほかの人々がそこへ乗りこむことになる」

「なにをされたって、第二地球にはもどらない！」ガルトはタウレクに向かって脅すようにブラスターを振りまわす。

「その言葉、前にも使ったな」タウレクはテラナーの脅しを意に介さず、「おもしろい話が聞けそうだ。だが、ロワ・ダントンはほかにも訊きたいことがあるらしい。きみたち、フィクティヴ転送機がなんなのか知っているな？　では、心の準備を」

スペース＝ジェットがもとあった場所に着陸したとたん、コクピット内で数人の姿が実体化した。たちまち、いいようのない緊迫感が満ちる。すぐ目の前にいる女がデメテルだとわかったとき、ガルトは思わず突き飛ばしてしまった。しかし、こうしたやり方で鬱憤を晴らすが早いか、セラン防護服姿の人物に殴りかかられ、床に押し倒された。見あげると、ロワ・ダントンの決然とした顔がある。ついにガルトは観念し、

「降参するよ」と、いった。「第二地球ですごした五カ月を考えたら、なんだって耐えられる」

ロワはほかの面々を下層デッキに追いやった。コクピットにはかれのほか、デメテルとガルト・アロンツだけがのこる。タウレクは装甲プラスト製キャノピーから去ったあと、姿が見えない。だが《シゼル》はスペース＝ジェットの左側にあり、地面のすこし上で浮いている。

「きみはなぜ、テラを〝第二地球〟と呼ぶのだ？」ロワはガルトに訊いた。

「テラじゃないからさ」ガルトは待ってましたとばかりに、「ここは疑似地球で、何千人というテラナーのメンタル・エネルギーがつくりだしたプロジェクションなんだ。ルナも同じ。地球と月が本来のポジションでなく、太陽の反対側にあるのに気づかなかったか？」

「それは気づいたが……では、ほんものの地球はどこに？」

ガルトは肩をすくめ、説明をはじめた。

「最初、テラとルナはヴィシュナの攻撃にそなえて時間ダムの向こうにかくれていた。

ところが、ダムが崩壊して……そのあとすぐ、テラもルナも消えてしまったんだ。われわれは疑似地球にいたので、くわしいことはわからない。いまはここから動けないし」

ローダンの息子のもとめに応じて、盗賊団のリーダーは自分が知るかぎりのことを順を追って話した。こうしてロワは、昨年の七月末にオリジナルとそっくりなプロジェクション地球ができあがったことを知る。ガルト・アロンツの説明にはところどころ抜けがあったものの、この大規模プロジェクトの背景および詳細に関する当時のおおまかな状況は把握できた。

ブリーやその他の上層部がこうした作戦に手を出すとは、よほど状況を深刻に受けとめていたにちがいない。そして、かれらの懸念どおりとなったわけだ。アロンツの説明でわかったことによると、ヴィシュナはそのあとすぐロボットの大軍団を使って最初の攻撃に出たという。どうやらそのさい、疑似地球のトリックに気づいたらしい。

「テラの消失も、太陽系に常駐している宇宙船の部隊が見あたらないのも、ヴィシュナのせいと考えてまちがいないな」

「どうでもいいや」と、ガルトが投げやりにいう。大ばくちが失敗した以上、かれにとってはすべてが無意味だった。おのれの運命を甘んじて受け入れるしかない。「いま思いだしたんだが、幽霊みたいな番人たちがしゃべっていたな、グレイの回廊がどうのこうのと」

「わたしも聞いた」ロワも記憶をたどってみる。オルニラ・モーガンの精神プロジェクションが、グレイの回廊はヴィシュナの武器だといっていた。〝自分がふたつの場所に同時にいるみたい〟と彼女が口にした意味が、ようやくわかった。

地球住民たちはどこかの別次元に連れていかれたのでなく、テラもろとも消えたのだ。そのあと、どうしてオルニラ・モーガンやほかの〝幽霊〟たちの意識が疑似地球に反映しはじめたかについては、あれこれ考えまい。ただひとつ、ひらめいたことがある。オルニラの最後の言葉だ。自分もほかの人々も消えてしまう、と、嘆いていた……地球といっしょに。

彼女がいったのは疑似地球のことだろう。その言葉どおりのことが、ルナではもう起きていた。月は消滅寸前だ。いずれ疑似地球も同じ運命に見舞われる。

ロワは通信を共通周波にセットする。そこで、ルナの調査コマンドがすでに引きあげたと知らされた。月はいま、ところどころしか輝いていない。大部分はグレイの靄《もや》に似たプラズマとなり、急速に質量を失っている。あと数時間もすれば、第二の月は完全にプラズマ雲に姿を変えてしまうだろう。

疑似地球でもこうしたプロセスの最初の兆しが見えていた。調査コマンドの避難もすでにはじまっている。

ロワはブラッドリー・フォン・クサンテンに通信をつないだ。

「消滅の運命にある地球にまだのこっているのはあなたたちだけですよ、ロワ」と、《ラカル・ウールヴァ》艦長。「巻きこまれていっしょに消えたくなければ、いますぐスタートしてください」

「これは地球ではない。ただの精神プロジェクションだ。この状況がわれわれにとり、それほど深刻なものとは思えないんだが。こちらが消滅プロセスにふくまれることはないんじゃないか」

「どうにも信じられませんな。とにかく、ただちにスタートを」

「わかった、いま行く」ロワは通信を切ると、つぶやく。「とはいえ、まずはタウレクに知らせないと」

《シゼル》にコンタクトするが、応答はない。何度か呼びかけてようやく連絡がきた。ところが、タウレクはロワの話を聞かず、疑似地球にのこるといいはった。

「ここでまだ、なにをすることがある?」

「友がいなくなったのだ」タウレクはロワの問いに答えて、「アスコ・チポンを置いていくわけにはいかない。見殺しにできないからな。先に向かってくれ。わたしはあとから行く」

「あなたがそういうなら、わたしも《シゼル》で待つ」ロワは決然と応じた。タウレクはなにもいわない。

「われわれはどうなるので？」ガルト・アロンツが情けない声を出した。

「スペース＝ジェットで《ラカル・ウールヴァ》に向かえ。そのあとどうなるかは、きみの想像にまかせる」

ロワはそういうと、自分たちを置いて母艦にもどるようアイセル・トリーゴルに命じ、スペース＝ジェットを降りた。デメテルも無言でつづき、ふたりして《シゼル》に近づく。なんだか足もとの地面が沈みこむような感覚があった。もしかしたら、ただの思いこみかもしれないが。

ところがそのとき、ロワはあることに気づいた。こんどは思いこみではない。遠くでなにかが変化したのを目のはしでとらえたのだ。そちらを向いたとき、はっきりわかった。テラニアの地平線が一部、消えている。

＊

タニヤの庭は楽園のようだった。アスコ・チポンはこれまで、地球でこんな田園風景を見たことがない。とはいえ、異星的な風景ではなく、どれもよく見知ったものばかりだ。果樹園、花ざかりの灌木《かんぼく》、咲きほこる草花、針葉樹の森など、テラニアの緑地帯ならどこにでも見られるだろう……ただし、その配置はまったくちがうのだが。

タニヤは平屋のバンガローに住んでいるが、アスコはそこに足を踏み入れていなかった。ゲストハウスを使っていいといわれたが、そこにも行っていない。ゲストハウスで暮らすつもりはないから。もしもずっとタニヤのそばにいられるのなら……そんな考えがひとりでに浮かび、いつしか当然そうなるような気がしていた……タニヤが自分をこの庭に受け入れてくれるのなら、彼女のもとへうつりたい。

だが、その考えをまだ打ち明けられずにいる。タニヤはとても気がちいさいようだから、下手《へた》な言葉をかけると、どこかへ行ってしまうかもしれない。なにか勝手なことをしたら消えてしまうんじゃないかとさえ思える。

タニヤは夢の女性だ。だけど夢じゃない。アスコが自分でつくりだした存在ではないのだから。それでも、はじめて会ったときからよく知っているような、子供のころからいっしょに大きくなったような気がする。彼女はガールフレンドで、幼なじみでもある。人生のもっとも美しい時期をともに楽しくすごし、生涯、添いとげる相手なのだ。

そう、彼女こそ運命の人。

だが、いつもすぐに走り去ってしまうので、姿を見ることはあまりない。それでも、アスコにはわかっていた。タニヤはかれのことが嫌いで逃げているわけではない。むしろ恥ずかしがり屋というのが理由だろう。多少の媚態もふくまれているかもしれない。

タニヤを見かける時間は一瞬で、見かけない時間は永遠にも感じられた。アスコはとうにセラン防護服を脱いでしまっている。

彼女を探していたアスコは、ちいさな池のほとりにいるのを見つけた。まわりにはアシが高く茂り、タニヤは栈橋の上にかがみこんで両手を水にひたしている。それを見ていると、突然、ほっそりと弧を描くうなじに触れたい気持ちをおさえきれなくなった。

「約束したでしょ。忘れないで」彼女は振り返らずにいった。

「だったら、せめてわたしを避けないでほしい」

タニヤはこちらを向き、両手を栈橋の縁に突いたまま、アスコを見つめた。かれは栈橋の前の草地に腰をおろす。アシが風にそよぎ、なにか生き物がかさこそ音をたてたと思うと、カエルが一匹、水に跳びこんだ。コオロギの鳴く声、虫の羽音、花から花へと飛びまわるミツバチ。これらはすべて、この不毛な無人の地球では見られなかったものだ。

「笑ってくれよ」

アスコがいう。タニヤは笑みを浮かべる。

「笑っていても、寂しそうだね」かれは気づかわしげに、「なにかしてあげられないかな？　きみの瞳が心からの笑みを浮かべられるように。心配ごとがあるなら、いってごらん」

「わたしは幸せよ。あなたがいるから」

「でも、そうは思えないんだ。いつだって憂鬱そうに見える」

タニヤは悲しげにため息をついた。

「ああ、ずっとこうしていられたらいいのに」

「そうなるさ。きみが望みさえすれば」

彼女は遠くを見るような目をすると、また向こうを向いた。アスコはとっさに立ちあがり、どうにかしてなぐさめたくてタニヤのもとへ行こうとする。しかし、彼女は勢いよく身を起こし、大きな声を出した。

「泳ぎたいの。あっち向いてて、アスコ。のぞいちゃだめよ。わたしが水に入ったら、こっちへきてもいいわ」

アスコはいわれたとおりにした。しばらくそのままでいたが、背後ではなにも音がしない。辛抱が切れて振り向いてみると、桟橋の上に衣服が無造作に脱ぎ捨てられていた。水音も聞こえなかったし、池を探してもタニヤの姿はない。こっそり立ち去ってしまったらしい。

本当に不思議な、でも魅力的な子だ。彼女の秘密を知りたい。その悩みを分かち合いたい。でも、そうできない理由がなにかあるのだ。どうして近づくことができないんだろう。なぜ、タニヤは自分に触れるなというのか？　すこしでも近づくと、不安でパニックを起こしたようになる。その不安は彼女の心の奥深くに根ざしている。

アスコは池に背を向け、庭をぶらぶら歩きはじめた。前の晩にはタニヤとふたり、焚き火をかこんだもの。とはいえ当然、肩をならべてではなく、たがいに炎をはさんで反対側にすわったのだが。彼女は火をじっと見つめ、こういった。

「これが太陽で、わたしが地球だとする。あなたも地球。ふたつはいっしょになれない。あなたがこっちへきたければ軌道をめぐるしかなくて、同時にわたしは向こうへ行ってしまう。それがふたりのあいだの掟なの」

アスコはそれを聞くと、立って自分の場所をはなれ、ほほえみながらタニヤに近づいた。ところが、彼女も同じように動く。かれが近づいたぶんだけ移動するので、ふたりの距離は縮まらない。タニヤはそうすることでなにかを伝えようとしていた。言葉をアスコがいうところの動作学に置きかえたのだ。しかし、なにをいいたかったのか、かれにはわからなかった。いまもわからない。

キイチゴの茂みにやってきたアスコは、いくつか実を摘もうとした。ところが、手を伸ばしたとたん、茂みの向こうからタニヤの声が聞こえた。

「庭の果物を食べてはだめ！」

「でも、おなかがすいたんだ」

「セランに装備された凝縮口糧を食べるのよ。それ以外は口にしちゃいけない。あなたのためにいってるの。信じてね」

「なぜだめなのか教えてもらわないと、信じることはできないよ。説明してくれ」

「ここにあるものを食べたりしたら、わたしに縛られすぎてしまうわ。これは地球由来の庭じゃなく、わたしの一部なのだから」

「なんだ、そんなことか！」アスコは果実をひとつ摘み、口に入れてのみこんだ。「きみはすばらしい味がするよ、タニヤ」

彼女はちいさく叫ぶと、走りだした。

しばらく時間をおき、もうおちついたころだと思ってから、アスコはタニヤを探しに出かけた。庭のどこにもおらず、バンガローに行ってようやく見つける。彼女はテラスにすわっていた。テーブルにはケーキと紅茶が置いてある。

「わたしはきみのお客だよ、タニヤ」アスコはテーブルに近づき、タニヤの隣りにすわる。そのからだがぴくりと動いた。「お客になにもすすめなかったら、不作法だと思われるだろうね」

彼女は視線を落とし、ケーキをひと切れ、アスコの前の皿にとりわけた。それからカップをひとつとり、ポットから紅茶を注《そそ》ぐ。アスコは愛をこめてほほえむと、ポットを持つタニヤの手を握ろうとした。彼女は驚いてポットを落とし、叫び声をあげて跳びのいた。

「お願いだから、アスコ……それはやりすぎよ！」と、苦しげにいう。

「いったいなにを恐れてるんだ？　こんどこそ、どこへも行かないぞ。なにもかもふたりで話し合うまでは。すわってくれ」

タニヤは立ったままだ。近づいていくアスコを押しとどめるように手で制し、

「やめて、アスコ！」

「あまりドラマティックに演出しすぎじゃないか？」と、かれは非難するようにいう。

タニヤはかぶりを振り、唇をゆがめた。

「あなたはすてきな人よ、アスコ。こんなに好きになった人はいままでいなかった。でも、わたしはあなたが思ってるような存在じゃない。このタニヤ・オイッカは本当のタニヤじゃないから、あなたといっしょにはいられないの。わたしはタニヤの一部にすぎないのよ」

「なぜ、そんな謎めかした話をするんだ？」

「本当のことをそのままいっぺんに告げたら、あなたを失ってしまう気がして」と、タニヤ。「もうじきこの地球には、わたしがこしらえた以外のものはなくなるわ。この庭はわたしそのものなの、アスコ。でも、もうすぐそれも消えてしまうのがわかる。タニヤ・オイッカがどんどん遠ざかっていくから」

「だが、きみはタニヤじゃないか。姿も見えるし、それに……」

アスコは言葉に詰まった。〝感じられる〟といいたかったのだが、それでは情緒にはしりすぎる。しかし、この言葉には二重の意味があった。かれはそれに気づいたが、ロ

にはしない。

「ほらね。なぜわたしがあなたと触れ合おうとしないか、いまは理解しかけているはずよ」と、タニヤはいった。「わかってね、アスコ。わたしはタニヤの断片なの。ほんもののタニヤは地球とともに未知への旅に出てしまった」

「そんな。ここは地球だろう！」アスコは絶望的になって叫んだ。

「あなたが地球と思っているここは、数千人の人類がつくりだしたメンタル物質にすぎないわ。タニヤもその数千人のひとりだった。わたしは、タニヤがこの疑似地球にのこしていった意識の一断片よ。だからあんなふるまいをしたの。わかった？」

アスコは信じられないというように首を振った。わかりたくない。わかったといったら、地球のものでないこの少女は姿を消してしまうかもしれないのだ。彼女を失いたくない。なににかえても。

「なにかできることはないのか、きみのために？」アスコはそう問い、訂正するようにつけくわえた。「いや、われわれのために」

「自分の身を投げだすつもり？　本当にいいの、アスコ？」タニヤが問いかえす。

「わたしにとり、高すぎる対価ではないよ」アスコは答えた。

# 7

　タウレクは迷わず行動した。なにがなんでも実験を遂行するしかない。装置を見れば、メンタル・エネルギーが投影する天体の質量が不安定になりはじめたことは明らかだ。

　劇的な影響はまだ出ていないものの、真空穴がますます増え、地表の風景や町並みが消えていく……まるで、魔物にのみこまれたかのように。多くの場所で地面が柔らかくなり、支える力を失っていた。それでも、強固な疑似物質でできた場所はまだ存在する。テラニアの南エリアもそのひとつだった。

　だが、タウレクはこうした経過にそれとなく注意をはらっただけだ。かれの関心は〝幽霊たち〟にある。幽霊といっても、地球住民の意識の一部にほかならない。それはとっくにわかっていた。しかし、このように半実体化した意識の断片がなぜここにいるのかは、オルニラ・モーガンとのコンタクトによっても明確になっていない。

　そのことにタウレクは興味をいだいた。とりわけ、ひそかに固執しつづけている理由があるから。

この現象を徹底的に究明するには、個人的にとりくむ必要がある。つまり、自身の肉体を使わなければなるまい。《シゼル》を投入したところで、その代用にはならない。

こうしてタウレクは技術機器による妨害エネルギーのない、屋外のひろい土地に出た。メンタル物質がまだ問題なく存在する場所を探して歩く。

どこかの庭にやってきた。そこは現実を完璧に模倣した幻想世界だった。ほんものの地球といってもいいほどだ。精神プロジェクションだというのに、ごくちいさな微生物にいたるまで生き生きしている。

〝ささやき服〟の仕様も、実験の目的に沿うように変更してきた……そう考え、タウレクは思わず笑みをもらす。テラナーがこの戦闘服につけた呼び名を、自分も当然のように使っていることに気づいたから。

ほどなく、最初の幽霊グループがあらわれた。半実体化した者たちは、もうはじめて見たときほど強いプシオン・エネルギーを持ってはいない。急速に衰弱が進んでいるのだ。

とはいえ、そのエネルギー量は、多少とも人間の本質的な特徴がわかるくらいには充分である。タウレクはきわめて平静をよそおった。そうすることで、幽霊を自分のほうにおびきよせるのだ。ささやき服のオーラも手伝って、幽霊たちはますますタウレクのほうによってくる。

非常に興奮しているようだ。消滅の瞬間が近づいていると察したのにちがいない。それでも、その運命にいま一度あらがおうとしている。

タウレクは幽霊たちの輪舞を観察しつつ、この実験にふさわしいと思われる獲物を選んだ。人間の姿をたもてるほど強い精神を持ち、なかば実体化している男だ。

最適のタイミングを辛抱強く待ち、ささやき服の表面をおおう球状カバーの下に男の意識断片をとらえる。相手は暴《あば》れたが、タウレクは好きにさせておいた。やがて男はあがいてもむだだと悟り、おとなしくなった。

いまや、未知の意識断片はタウレクとほとんどひとつになっている。一体化してしまわない程度に、可能なかぎり近づいた。ふたりのあいだには、ささやき服があるだけだ。タウレクは未知意識の姿がはっきり見えるようになるまで、球状カバーのエネルギー強度をあげた。

男は中背で髭《ひげ》をたくわえ、腹が出ていて恰幅がいい。

「わたしはタウレク」コスモクラートの使者は名乗った。「きみが人の意識を反映したものにすぎないことは知っているが、まっとうな人間としてあつかうつもりだ。同等の立場であるほうが有意義に話し合えるだろう。どういう経緯でこれほど多くの意識断片がここにいるのか、それを訊きたい。だれかの操作によるものか？」

「肉体がないのに、どうしてまっとうな人間になれるってんだ」髭男の化身が文句をいう。「肉体をあたえてもらえば、もしかしたら生きられるかもしれない。意識の持ち主が近くにいれば存在しつづけられるんだが、かれらが遠ざかってしまったいま、われわれは弱まるいっぽうだ」

「きみの名は?」と、タウレク。

「アートン・フェイナム。ミレニアムの職員だった」プロジェクションが答える。「ここに何度もきてしまうのはそのせいでもある。だが、もうひとつ理由があるのだ。ここには肉体ある生物が住んでいるからな」

「なぜ、きみたちはかれらに魔法のごとく引きつけられるのだ?」

「なんという質問だね! 肉体を持ってだけで充分な理由になるさ。かれらはこの偽テラで唯一、現実世界との関連ポイントなのだから」

「つまり、幽霊たちの目的はかれらの肉体だったわけか? きみもわが肉体のなかにひそむつもりでいたのだな?」

「責めるがいい。しかし、わたしを裁くことはあんたにはできんぞ」

「わたしはただ、きみたちという存在がいかなる状況で生まれたのか知りたいだけだ」

「〝見せかけの〟存在だろう!」フェイナムが訂正する。「かつて疑似地球を創造する目的で転送機に入った人間たちのプシ成分から生まれたのが、われわれだ。人間たちの多くはプシ成分とともに、意識ファクターを大量に放射した。そのせいで、メンタル・

プロジェクションが独自の生命を獲得したのだ。しかし、意識の持ち主たちがテラもろともグレイの回廊に消えてしまい、こちらとのコンタクトを失ったいま、われわれもやがて消滅する。みんな精神の力は強くない。肉体を持つように見えるほどはっきりしたかたちで実体化することはできないのだ……ただひとりをのぞいて」

「それはだれだ？」

「タニヤ・オイッカさ。十七歳の少女で、ずばぬけたプシ能力を持っている」フェイナムは答えて、「ここはタニヤの庭園なんだ。ほんものの庭に見えないかね？　以前は気味が悪くて近よれなかったが、いまはここが唯一の避難場所だよ。テラが遠くになればなるほど、偽テラは不安定になっていく……」

タウレクはそこまで聞くと、アートン・フェイナムの精神を逃がしてやった。

だいたいのところは推測していたが、フェイナムの話でそれが正しかったと実証できた。この疑似天体は地球のテラナーたちがパラメンタル力を使って生みだしたもので、かれらが近距離にいることによってのみ維持される。つまるところ、これらテラナーの関与の度合いが非常に強かったため、かれらの意識断片が疑似地球に送りだされてきたのだ。そのテラナーたちが地球とともに消え、どんどん遠ざかっていくいま、メンタル・エネルギーでできた天体は消滅の危機にある。

だが、じつはタウレクはこんなことを実証したかったのではない。アスコ・チポンの行方だけが心配なのだ。あの熱しやすい若者がいまどこにいるか、確実にわかった気がした。

＊

タニヤはすべてをゆだねるように、その場に立っていた。目を閉じ、唇をなかば開いて、若者の抱擁を待つ……かすかに震えながら。

アスコは彼女のほうに腕を伸ばしかけた。そのとき突然、タニヤが目を開いて跳びすさり、叫んだ。

「やめて、アスコ！　あなたの犠牲はいらないわ」

アスコは茫然とした。タニヤの表情を読もうとするが、これまで人の身ぶりについて知っていたことすべてが頭から飛んでしまったような気がする。

なにかいおうとしたが、タニヤにさえぎられた。

「わたし、あなたみたいに肉体ある存在になることは絶対できないと思ってたの。だから、ふたりが親密になるには、あなたがわたしと同じになるしかないと考えた。抱き合っていたら、そうなっていたでしょう」

「かまわない」アスコは答えた。「きみがこっちにこないなら、わたしのほうから行く」

タニヤはほほえみ、

「もうその必要はないの。肉体ある存在になれそうよ。このチャンスを利用するわ、あなたのために。待ってて、アスコ」

それ以上は説明せず、タニヤは走り去った。あとを追おうとしたとき、家の陰からよく知る姿があらわれ、アスコは驚く。

「タウレク！　ここでいったいなにを？　どうしてわたしがここにいるとわかったんですか？」

「そんなことはいま、どうでもいい。早くセランを身につけて、いっしょにくるのだ。すぐにここを去らなければ」

「行きません！」

「この田園風景はほんものではない、若いの」タウレクは辛抱強くいいふくめた。「この惑星じたい、すべて見せかけだ。足もとではすでに消滅がはじまっている。まにあううちに逃げないと、われわれも巻きこまれてしまうぞ」

「わたしはタニヤのそばにいます。ほかのことはどうでもいい」若者は頑固だ。

「タニヤ・オイッカも、この疑似地球に棲むほかの幽霊たちと変わりない。ただ、すこし強力な精神存在だというだけだ」

「強力だからこそ、彼女は肉体ある存在になるつもりなんです」

「だれを犠牲にして？　それがわかっているのか？」タウレクが問う。

この質問の意味を理解したアスコは、愕然として目を見ひらいた。

「ということは……」あたりを見まわし、叫ぶ。「タニヤ！　なにを考えてる？　どこにいるんだ？」

そのとき突然、なにかが稲妻のごとく光り、タウレクに命中した。次の瞬間、きらめく光の泡に〝ひとつ目〟はつつまれる。エネルギー・バリアを展開したらしい。派手なセントエルモの火は、そこから発したかのように見えた。タウレク自身は動かずその場に立っている。

この火は純粋なメンタル・エネルギーだと、アスコにはわかった。それがどこからくるのかも。

「タウレク！」コスモクラートの使者のもとへ駆けよろうとするが、一歩を踏みだしたとたん、くるぶしが埋まってしまう。反対側の脚は、突然たわみはじめた地面にふくらはぎまで沈んだ。「タニヤになにもしないでください、タウレク」

楽園が周囲でしおれはじめた。木々も茂みも花も靄のなかに消えていき、風がうなるように吹きぬける。

「セランをとってこい、アスコ！」タウレクは表情ひとつ変えない。相いかわらず立ちつくしたまま、プシオン力がはねかえるのにまかせている。

「あなたがタニヤを解放してからです！」アスコは風の音に負けじと喉声を張りあげた。

「わたしはまったくなにもしていない。だが彼女は、引きさがらなければエネルギーを使いはたしてしまうだろう」

タニヤのバンガローはその輪郭を失い、霧のなかに消えた。アスコは押しよせるグレイの塵雲にもう腰まで埋まっている。浮かんでいるというべきか。どっちでも、かれには同じことだ。

そこへタウレクがきて、手をさしのべた。周囲の火は消えている。

「タニヤは？」と、アスコ。

「引きさがった。もうセランをとりに行く時間はない。きみはわたしが連れていく」

タウレクはアスコをなんなく持ちあげると、その胴に腕をまわした。しっかりかかえこんだまま、あいたほうの手で腰ベルトをなにやら操作する。

アスコは最初、自分が上に向かって浮遊していることにも気づかなかった。湧きたつ霧の上空にきてようやく、起こったことを認識する。その霧は、タニヤの田園風景のなれの果てだ。

「わたしのことなんか置き去りにしてよかったのに」と、泣き言をいった。

「わが防御バリアの外にいたら、きみは呼吸すらできなかったぞ」タウレクが反論する。

「いいかげん目をさませ、青二才！」

「夢をみてたわけじゃありません」アスコは反抗的にいいかえした。「あのわずかな時間ほど濃密な人生を感じたことは、これまでなかった。それをぜんぶ、あなたがぶちこわしたんだ」

タウレクはなにもいわない。非を認めたからだとアスコは思った。他人の運命の監視者を気取っている横柄なうぬぼれ屋め。ひそかに軽蔑しはじめる。

ふたりは霧の海に漂う《シゼル》に着き、機内に入った。タウレクはただちに制御プラットフォームに向かったが、アスコは下層デッキにとどまる。もう二度と幸福を感じることはないだろう。タニヤを失った悲しみを乗りこえられそうもない。

人生なんて無意味だ。

「アスコ！」と、上から呼ぶ声がした。「あがってこい。きみと話をさせたい人物がいる」

「だれとも話したくありません」

「相手がタニヤ・オイッカでも？」

アスコはあわてて制御プラットフォームに向かった。

〝ひとつ目〟がすわる操縦ピラミッド前のシートの上方に、エネルギー性プロジェクション・スクリーンがきらめいている。周囲のことはなにも目に入らない。アスコが気づいたのはただ《シゼル》がゆっくりと上昇し、下でカオスがはじまったことだけだ。タウレクはというと、われ関せずというように腕組みし、虚空を見つめていた。茫然自失に見えるようふるまうことを心得ているのだ。動作学者としては、そう認めざるをえない。

制御プラットフォームをつつみこむエネルギー・バリアの外側で、幻のような姿がひとつ、なにかを探すように歩きまわっている。タニヤだろうか。どこかに彼女だとしめす特徴がないかと、アスコは必死に目で追った。さまよう幻はやがておとなしくなり、プロジェクション・スクリーンの下で硬直したように動きをとめた。

ようやくスクリーンが明るくなると、少女の顔があらわれだした。タニヤだと、アスコにははじめからわかっていた。まるで目の前にいるようにくっきりした姿を見て、触れたいという思いをおさえることができない。

「タウレクに感謝するわ。もう一度あなたと話すチャンスをくれたのだから」

それは、もう二度と聞けないと思っていた声だった。アスコは口を開こうとした。だが、タニヤにさえぎられる。

「待って！　わたしに話をさせてちょうだい、まだ力がのこっているうちに。勝手をしてごめんなさいね。わたし、自分のことしか考えてなかった。あなたを失いたくなかったから、破滅に巻きこもうとしたのよ。悪かったわ。わたしは運命からけっして逃れられないの。ほかの幻たちと同じく、この疑似地球とともに消えることは最初から決まっていた。でも、タニヤ・オイッカが死ぬわけじゃないわ。わたしは彼女の夢にすぎないから。それがすこしのあいだ実現しただけなの。疑似地球に生まれたちいさな楽園もそう……」

声はしだいにちいさくなり、映像が色あせていく。エネルギー・バリアの外側の幻も消えはじめた。

「いつか地球にもどったら、あなたの思い出のなかにいるタニヤ・オイッカを探してね。彼女はすぐにあなたのことがわかるわ、きっと。あなたが愛するのは彼女で、わたしじゃない……だって、わたしは実際にはいないんだもの。でも、いつかふたりがおたがいを見つけられるなら、わたしの存在もむだじゃなかったことになる……」

声がとだえ、映像が消えた。幻の姿ももう見えない。

きっとタニヤ・オイッカを探しだしてみせる！　アスコはそう心に誓った。

肩にだれかの手がそっと置かれる。振り向くと、デメテルだった。アスコは顔を赤らめ、急いで顔をこすり、目をしばたたいた。涙でぼやけた視界がはっきりすると、ロワ・ダントンも制御プラットフォームに入ってきたのがわかる。

「立ち聞きしてしまった。申しわけない」と、ロワ。「だれもわれわれに気づかないとは思わなかったもので……ま、いい。その話はよそう」

タウレクが深い瞑想からさめたように起きあがる。急な動きをしたので、〝ささやき服〟のメタルプレートがざわざわと、とほうにくれてつぶやくような音をたてた。

「疑似地球とさまよえる意識断片がいちどきに実体を失うのも、時間の問題だな」と、コスモクラートの使者。「これでおそらく、かれらの長い悪夢も消えるだろう。いいことだ」

アスコは心の底からそう思うことはできなかった……いまはまだ。

# 8

通信を傍受したところ、コルヴェット十隻とスペース＝ジェット二十機すべてが《ラカル・ウールヴァ》にぶじ帰艦したと判明した。大あわてで出発したため、ふたつの疑似天体にいくつか装備をのこしてくることになってしまったが。

《シゼル》がもどったのは最後だ。その乗員たちは、急速に進んでいく疑似地球の崩壊を目《ま》のあたりにした。惑星崩壊といっても、地震や噴火や洪水によるものではない。メンタル物質でできた第二地球にふさわしく、その最期は不気味な経過をたどった。

メンタル・エネルギーによる疑似物質が不安定になり、一連の連鎖反応が起こる。それが惑星全土に伝染していき、内側が空洞になりはじめる。質量がなくなったため、しだいに重力も失われる。重力計の表示がどんどんゼロに近づいた。

大気はますます薄くなり……《シゼル》が一万五千メートル上空に達したときには、疑似地球の周囲は真空になっていた。徐々に消えていく霧のようなメンタル・エネルギーのひろがりから、ときおり地面が浮かびあがる。かつてテラニアがあった場所にも、大きさもばらばらな建物群がまだ見えている。それもしだいに色を失い、輪郭がはっきりしなくなって、あとにはガス状のヴェールがのこるだけとなった。それがひとつの巨大なプラズマ雲に変わっていく。

「死者はいるのかしら？」デメテルの言葉は質問ではなかった。答えをもとめてはいない。「そもそも、ここでなにかが死んだりするのかしら？」

《ラカル・ウールヴァ》の格納庫エアロックに着いたとき、ルナとテラはぼんやりしたグレイのプラズマ構造物になり、たがいに近づいてひとつになろうとしていた。もう密度もなく、やがて消滅するだろう。あとには、かつてそこに存在したことをしめすシュプールすらのこるまい。

《シゼル》が収容されると、デメテル、ロワ・ダントン、タウレクは《ラカル・ウールヴァ》司令室におもむいた。アスコ・チポンがとぼとぼ歩いてつづく。大型艦は〝地球軌道〟から後退していた。悲劇の最後のところを遠方から観測するためだ。大スクリーンに、疑似地球と疑似月の残骸である雲に似た構造物がうつしだされる。すでに一体化し、弱々しく光るぼやけたかたちの染みとなって、漆黒の宇宙空間に浮かんでいた。

「これでわれわれの希望も消えましたな」と、ブラッドリー・フォン・クサンテンがいった。「もはや、のこったものはない。白状しますが、こんな見せかけの惑星より、人類のいない地球のほうがまだよかった。消えたテラナーの行方を探す必要はあるにせよ、すくなくとも捜索の起点となる地球は存在するんですから。しかし、いまはなにもありません。もっと悪いことに、地球は住民もろとも消失してしまった。だが、どこへ？」

「そのうちわかるだろう」ロワ・ダントンが応じるが、その声に楽観的な響きはまったくない。「全銀河系から住民が消えたわけではない。こんどの出来ごとの目撃者を見つけだし、そこからヒントを探すのだ。いまは自分たちの体験から判断することしかできないが」

「ずっと気になっているの。疑似地球が崩壊したことで、犠牲者は出たのかしら」デメテルだ。

「人的被害がなかったのはたしかだ。そういう意味でいっているなら」タウレクが答えた。「第二地球の創生に関与して、意識と人格の一部を失ったテラナーたちがいる。その意識断片が半実体化して幽霊となり、この疑似地球に居を定めたわけだ。かれらはなんの損傷も受けていない。むしろ、解放されたと感じているだろう」

第二地球がどうやって生まれたか、いまは全員がその概略を知っていた……とりわけガルト・アロンツとその仲間の供述を通して。これにより、疑似地球への飛行のさいに探知した〝メンタル振動を持つ転送フィールド〟の謎も明らかになる。

その原因は数千基におよぶ転送機だった。これらを経由して、テラナーたちが疑似地球創生のため、メンタル・エネルギーを当該宙域に送りだしていたのだ。転送機にはメンタル物質化装置と呼ばれる補助機器も装備されていた。疑似地球でこれらの転送機を探しあてた調査コマンドは、この装置がメンタル・エネルギーを受けとるのを確認したという。

「疑似地球は完全に消滅した。その意味するところは、ただひとつ」ロワ・ダントンが言葉を発した。「テラがすでに太陽系から遠ざかったのだ。そのせいで疑似地球は精神的支柱を失った。つまり、精神の力で第二地球創生に関与していたテラナーたちがいなくなってしまったから。疑似地球も、そこにさまよう幽霊たちも、精神的なつながりがあるあいだしか存在できないということ。一種のプシオン臍帯《さいたい》だな。ヴィシュナはテラと地球住民を拉致することで、その臍帯をまっぷたつに切ってしまった。こうなると疑似地球の滅亡は避けられない」

「タニヤは第二地球の被造物でした」アスコ・チポンが思わず口にする。

「タニヤ・オイッカというのは非常に強い精神と卓越したプシ能力の持ち主にちがいない」タウレクだ。「彼女が疑似地球に送りこんだ意識断片は、肉体ある存在とみまごうほどの出来栄えだった。地球を探しだせば、きっとタニヤも見つかるだろう」

「わたしもそう思います」アスコはなんとか笑みを浮かべようとした。タウレクの視線に応えて、「きっと見つけられるはず」

「ひとつ興味があるんですが」ブラッドリー・フォン・クサンテンがいう。「これはほんの思いつきにすぎないし、深刻な事態が起きなくて本当に幸運だったと考えています。それでも……万一、調査コマンドのだれかが疑似地球あるいは疑似月から逃げ遅れたら、どうなっていたのか？　じつのところ、現実に危険にさらされたとは思えないのでして。見せかけの天体ふたつが消えていくあいだ、エネルギーは放出されない。よく知られたような壊滅的影響もなければ、時空構造が揺さぶられるわけでもない。緩慢な消滅プロセスがあるだけです。ただ、それから身を守ることはできませんがね」

「たとえ実体あるものでも、あのメンタル消滅プロセスに巻きこまれていたはずです」アスコが答えた。「タニヤが……彼女の意識プロジェクションが……わたしに警告しました。彼女はそれを知っていたのだと思います」

「アスコのいうとおりだ」タウレクも確言した。「疑似地球に置きっぱなしにしてきた物品のリストを持ってくるといい。それらは本来なら疑似地球があった宙域で見つかるはずだが、探したところでむだだと思う。第二地球の創生・維持をになっていた数千の転送機についても同じだ。もし調査コマンドのメンバーが適時に撤退しなかったら、同様の運命に見舞われていただろう」

「わたしも信じる気になりましたよ」と、ブラッドリー・フォン・クサンテン。「しかし、想像するだに恐ろしい。そんなことにならないでよかった。もう忘れて未来のことを考えましょう。これからどうなるのか？」

「宇宙ハンザ、LFT、GAVÖKの各艦隊に連絡をとる」ロワ・ダントンが説明する。「正確な背景がわからないと、テラ救出作戦を立てることはできない」

そこで《ラカル・ウールヴァ》艦長は、通信センターから一本のメッセージを受けとった。それにしたがって、こういう。

「こちらから連絡する必要はなくなりましたぞ。たったいま、太陽系に入ってきた最初の部隊を探知しました」

*

その部隊は四方八方から太陽系に進入してきた。艦船のタイプも規模もさまざまだ。だが通信を傍受したところ、全体でチームを組んで行動していることが明らかになる。この混成部隊を構成するのは宇宙ハンザの楔《くさび》型船のほか、LFTの球形艦、異なる種族に所属するGAVÖK船である。疑似地球の崩壊がはじまるのを遠距離探知で観測し、より近くで経過を調査しようと太陽系にもどってきたらしい。

《ラカル・ウールヴァ》も探知されていた。ブラッドリー・フォン・クサンテンが身元確認インパルスを発信すると、混成部隊の指揮官が連絡してきた。

指揮官の名はコロ・アサンデガ。直径千五百メートルの星雲級球型艦《オランダ》の艦長で、ブラッドリー・フォン・クサンテンとは旧知の仲だ。ハイパーカム経由での再会の挨拶もそれなりに熱狂的なものとなる。だが、それも最新ニュースに関する話題にとってかわられた。

「ここ十カ月の出来ごとについてはわたしから説明しよう、ブラッドリー」アサンデガが約束する。「それよりも、銀河系船団がフロストルービンでどうなったのか、ぜひ聞きたい。こちらが提供するものよりいい知らせがあるはずと、期待している」

「われわれ、M－82銀河からまっすぐ帰ってきたのだ。あらためて報告するよ」ブラッドリー・フォン・クサンテンは答えて、「レポートをまとめてある。一般周波で発信するつもりだ。だがまずなにより、太陽系の目下の状況を知りたい。《ラカル・ウールヴァ》にきてもらえないか」

「テラの、いわば〝最期の時〟を身をもって体験した者がいるぞ。口頭での説明できみがよければ、かれはまさにうってつけだ。どういう状況だったか、すべて知っているから。ノーマン・ラスといって、コグ船《セイシェル》の船長だ」

「こちらに連れてきてくれ。内輪の危機対策会議を即席で開こう」

二隻ともまだ太陽系周縁宙域にいたため、転送機ブリッジが構成された。数分後、ふたりの男は連れ立って《ラカル・ウールヴァ》にやってくる。

「ヴィシュナがテラに対してやったことは、そりゃひどいものでした」短く心のこもった挨拶をかわしたあと、長身で褐色の肌をしたコロ・アサンデガが口を開いた。同行者のノーマン・ラスも似たような体型だが、肌の色は白い。アサンデガとちがって、この場の全員とは初対面だ。《オランダ》艦長はラスをみなに紹介し、つづけた。「この十カ月の概略をまとめて話しましょうか？　じつに大騒動でしたよ」

「疑似地球で捕らえた掠奪者たちから、重要なところは聞いている」ロワ・ダントンが答える。「まずはテラとルナになにが起こったのか知りたい」

「それならノーマンが適任です」アサンデガはそういうと、ついでのように質問した。「掠奪者たちは、疑似地球でなにを盗むつもりだったので？」

「メンタル物質がずっと長くもつと思っていたらしい」と、ブラッドリー。

「本題にもどろう」ロワはノーマン・ラスに向きなおった。「われわれが聞いたのは、ヴィシュナから守るため時間ダムの向こうにかくしておいた地球が、数日のあいだ姿をあらわし、その後ついに消えたというところまでだ。この間、なにが起きたのか？」

「わたしがお話しできるのは自分の立場から見たことだけですが」と、ノーマン。「ふたたび可視化された地球では、いつヴィシュナのあらたな攻撃がくるかと覚悟していました。それでも、まさかあんなかたちでくるとは、だれも予測しなかったでしょう。

はじまりはテラ近傍宙域における重力現象です。この磁気フィールド振動を調査するよう数隻の部隊に指示が出て、《セイシェル》もその一隻でした。われわれ、この重力現象がメタグラヴ・エンジンと同じ機能を持ち、メタグラヴ・ヴォーテックスを発生させることを発見しました。つまり、超光速航行を可能にする疑似ブラックホールということ。ところが、これをテラに通信で伝えても、まともに聞いてもらえません。迫りくる危険に対し、だれも心を砕いていないようなのです。わたしは意を決し、テラに飛んでハンザ司令部の責任者たちに直接、話をすることにしました。

しかし、テラニアは狂気の館と化していました。だれも人の話を理解できず、まるで全員が別々の言語をしゃべっているようで。先にいってしまうと、〝バベル・シンドローム〟と呼ばれたこの現象こそヴィシュナに起因するものだったのです。たがいに意思疎通ができないのですから、危機への対策がとれるはずもありません。ネーサンまでがバベル・シンドロームにやられてしまいました。わが部下たちも半数がこれに影響を受け、わたし自身も理解力に問題が出てきたと気づいた時点で、すぐに船をスタートさせました。どうにか全員で地球を去ることができましたが、おそらく《セイシェル》はあの狂気から逃げだせた最後の船だったでしょう。テラニアの悲惨な状況については、とてもいいあらわすことができません……」

「よくわかった」と、ロワ・ダントンは応じ、「それからどうなったのだ？」

「気がつくと、テラとルナの周囲に巨大な疑似ブラックホールが生じていました。ふたつの天体をすっぽりのみこむ大きさです。なにが起こるか、だれの目にも明らかでしたが、どうすることもできません。そのころ地球でもようやく、平静をとりもどした上層部たちがことの重大さを認識していました。その救難信号を傍受して、わたしはヴィシュナが予告どおり地球を奪い去ろうとしていることを知ったのです。それを耳にしながら、恐ろしい出来ごとをなすすべなく傍観するしかなかったとは、非常に心が痛みます。メタグラヴ・ヴォーテックスが決定的な段階にくると、太陽系近傍からの撤退命令が出され、それに応じて全艦船は危険宙域から撤退しました。疑似ブラックホールの影響が予測不可能だったので」

「それで太陽系に宇宙船の行き来がなかったわけか」と、ダントン。

「テラとルナが消えたあと、ふたたびヴィシュナがあらわれるのではないかと恐れたのです」コロ・アサンデガが発言した。「われわれ、疑似ブラックホールが消失したときさえ、まだ待機ポジションにとどまっていました。疑似地球が消えたのを探知してようやく、ここへもどったわけでして」

「最後に通信を傍受したさい、テラと地球住民がどうなったか情報を得られるようなヒントはなかったか？」

ロワの問いに、ノーマン・ラスはかぶりを振った。

「そうした手がかりにはつねに注意していたのですが、われわれの助けになるような情報はなにも。ただ、レジナルド・ブルやその他の人々は、ヴィシュナが自分たちをグレイの回廊へ連れていく気だとわかっていたようです」

「グレイの回廊」タウレクがひとり言のようにいう。「そこを通過して破滅へと向かう旅か」

「その話はほかでも聞きましたが」と、ブラッドリー・フォン・クサンテン。「これ以上どうにもなりません。たとえわれわれが似たようなメタグラヴ・ヴォーテックスをシミュレーションしたとしても、グレイの回廊への入口は見つからないでしょう」

「テラ技術を使っては絶対に無理だな」タウレクはそういうと、あまり尊大だと受けとられたくないのか、申しわけなさそうな笑みを浮かべた。「だが、《シゼル》には手段がある。それを使えば地球に向かえる」

「ヴィシュナが二週間も先行していることを忘れるな」ロワが釘を刺した。

「《シゼル》ならそれくらいの遅れはとりもどせるさ。それとも、もう救うことはできないと考えているのか？」

ダントンは答えない。ほかの者も沈黙している。

「どうやら、この場にいるのはペシミストばかりらしい。楽観主義者はわたしひとりのようだ」タウレクは挑むような目でアスコ・チポンを見た。

「こんな男の意見などとるにたりないでしょうが」動作学者は応じた。「わたしも楽観主義者です、タウレク」

「これでふたりになった」コスモクラートの使者は満足げだ。

「われわれ、だれも希望を捨てたりはしない」ロワ・ダントンがいう。「あらゆる対策を講じ、われらの故郷テラをヴィシュナのくわだてから守るつもりだ。しかしそれでも、これほどの力に対して《シゼル》の戦闘能力だけで太刀打《たちう》ちできるのか、疑わしい」

「ま、見てろ」タウレクの言葉である。

疑似地球とその衛星があった宙域には、消えゆく疑似物質の霧が漂うばかりだ。

# あとがきにかえて

星谷　馨

およそ無宗教のわたしでも、バベルの塔という言葉は聞いたことがある。旧約聖書の『創世記』に出てくるエピソードだ。天までとどく塔を建てようとした人間たちの行為が神様の怒りにふれた結果、かれらの言語は乱され、おたがいに意思疎通ができなくなったという伝説である。五七六巻前半の「バベル・シンドローム」はもちろん、これを下敷きにしている。

内容的にはエーヴェルスお得意の冒険活劇で、とってもテンポよく進んでいく。だけどなにしろ、乱される言語がドイツ語なのである。慣用句をとりちがえたり、意味がいくつかある単語を誤解したり、原文を読めばなるほどと笑える場面ばかりだが、これをどう日本語にするか……今回はずいぶん「頭をぶち割る（den Kopf zerbrechen）」ことになってしまった（「あれこれ思い悩む」という慣用句です）。

でも、ここは翻訳者としての腕がためされている。ルビにたよるのは最小限にとどめよう！　そう決意し、ああでもない、こうでもないと「頭をぶち割る」のもまた楽しい作業であった。ともあれ、翻訳の仕事というのは、つねにバベル・シンドロームにさらされるようなものなのかもしれない。

ちなみに、EU（ヨーロッパ連合）の議会が開かれるフランスのルイーズ・ワイス・ビルディングという建物は、バベルの塔を模しているという。アメリカとの対決姿勢がなにかと話題になる昨今のEUだが、異なる文化を持つ者どうし、言語までは乱されることなく意思疎通につとめてほしいものだ。世界じゅうのだれも、神様の怒りを買ったりしませんように。

ところで……

七月末にHAYAKAWA FACTORYブランドから発売されたSFシリーズTシャツのペリー・ローダン版、もうごらんになりましたか？　東京・名古屋・大阪の主要な書店やネットショップで絶賛発売中とのこと。ぜひ「早川書房　ローダン　Tシャツ」でネットを検索してみてください。担当編集者のTさんは、さっそくスポーツジムに着ていったそうです。

訳者略歴　東京外国語大学外国語学部ドイツ語学科卒，文筆家　訳書『《バジス》の帰郷』ヴルチェク&シドウ，『宝石都市の廃墟』ツィーグラー&エーヴェルス（以上早川書房刊）他多数

HM=Hayakawa Mystery
SF=Science Fiction
JA=Japanese Author
NV=Novel
NF=Nonfiction
FT=Fantasy

宇宙英雄ローダン・シリーズ〈576〉

# バベル・シンドローム

〈SF2196〉

二〇一八年九月　十　日　印刷
二〇一八年九月十五日　発行

（定価はカバーに表示してあります）

著者　H・G・エーヴェルス
　　　エルンスト・ヴルチェク
訳者　星《ほし》谷《や》　馨《かおり》
発行者　早川　浩
発行所　株式会社　早川書房
郵便番号　一〇一 - 〇〇四六
東京都千代田区神田多町二ノ二
電話　〇三 - 三二五二 - 三一一一（大代表）
振替　〇〇一六〇 - 三 - 四七七九九
http://www.hayakawa-online.co.jp



印刷・信毎書籍印刷株式会社　製本・株式会社川島製本所
Printed and bound in Japan
ISBN978-4-15-012196-9 C0197